아지랑이 데이즈 Ⅷ

KAGEROU DAZE

-summer time reload-

진(자연의적P) 지음
시즈 일러스트
이수지 옮김

목차

크라잉 프롤로그

……계속 동경하고 있었다.

나를 사랑해 준 부모가, 길에서 스쳐 지나간 이름도 모르는 사람이, 그리고 기이하게 만나게 된 친구들이 그랬듯이, 내 마음속에는 『동경』이 뿌리를 내리고 있었다.

예를 들면 어둠 속에서 고독함에 고통스러워하는 소녀를 빛 아래로 데리고 나오는 것처럼…….

예를 들면 거리 구석에서 부당하게 괴롭힘당하는 소년에게 미소를 건네는 것처럼…….

예를 들면 흔한 이야기 속에서, 절망감에 무너지는 동료들을 희망으로 이끄는 것처럼—.

그래, 그런 그림으로 그린 듯한 존재가 되고 싶었다.

폭력을 참고 견딜 뿐인 나를, 마음을 의지할 곳마저 지키지 못하는 나를, 사람의 본성을 두려워할 뿐인 나를 바꾸고 싶었다.

그래, 그랬다.

그랬을 텐데—.

『동경』은 저주다.

「그렇게 되고 싶다」고 바라는 감정은 어느샌가 「그렇게 되지 않으면 안 된다」라는 초조함으로 변해, 어느샌가 우리는 『동경』하는 대로 되지 않는 자신을 괴물인 것처럼 비하한다.

그리고 추악해 보이는 자신으로부터 눈을 돌리고, 타인을 시기하며, 끝없는 어둠에 빠지는……. 요컨대 이것은 그런 저주인 것이다.

진짜 『괴물』은 그런 어둠 속에 있다.

아무도 사랑할 수 없고, 누구에게도 사랑받지 못하며, 그저 타인의 불행과 자신의 보신을 바랄 뿐인 존재……. 그런 괴물을 만드는 것이 『동경』이다.

이상을 향해 손을 뻗으면서 이상과는 반대 방향으로 끌려가는 괴물들의 『목소리』를, 나는 이제껏 계속 들어왔다.

'나는 절대 저렇게 되지 않을 거야.'

마음속으로 계속 그렇게 생각하며 살아왔다.

사람의 거죽을 뒤집어쓴 거무칙칙한 괴물들의 둥지 안에서, 그저 필사적으로 손을 뻗으며…….

그렇게 뻗은 손이 『동경』에 닿을 때까지, 나는 계속 깨닫지 못했다.

지켜야만 하는 것을 찾았다.

나약한 내게도 힘이 생겼다.

내가 필요하다고 말해주는 동료들도 만났다.

다만, 아무리 애를 써도 도망치지 않는 『용기』만은 찾을 수가 없었다.

그래, 손에 들어오지 않을 것이라면 찾아내지 못하는 편이 나았다.

손에 들어온 『동경』의 끝에서 기다리고 있는 것은, 그것을 잃는 『절망』과 끝없는 『허무감』이다.

지켜야 할 사람의 무상함을 두려워하며, 동료라는 이름의 중압감에 짓눌리는 나날이다.

『동경』은 저주인가.

『행복』은 독인가.

『소원』은 죄인가.

『그녀』를 구하지 못한 나는 이제 알 수 없다.

괴물이 되어버린 나는, 이제…….

서머타임 레코드 -side No.8-

'눈을 덮을 수 있다면…….'

나는 머릿속으로 그런 바보 같은 생각을 떠올리면서, 『눈을 집중시키는』 능력의 시야에 들어온 처참한 광경을 그저 멍하니 바라보았다.

오늘 낮까지만 해도 서로 농담을 주고받던 저 사람이, 목에서 피보라를 내뿜으며 무너져 내리는 모습을…….

조금 전 헤어질 때까지 나의 사소한 걱정에 대해 신경 써줬던 저 사람이, 흉탄에 맞아 숨이 끊어지는 모습을…….

그 일련의 동작을 마치 방에 들어온 해충을 때려죽이듯이 해치운, 딴판으로 변해 버린 그 녀석의 모습을…….

마치 스크린에 비친 영화라도 보는 것처럼, 그저, 그저 멍하니 바라보았다.

만약 내 목소리가 들리는 상황이었다면, 저 녀석의 이름을 부를 수 있었을까.

만약 내가 손을 뻗을 수 있는 상황이었다면, 저 녀석의 얼굴을 후려갈겨줄 수 있었을까.

만약 내가 저 자리에 있었다면…….

……알고 있다. 나에 대해서는 내가 제일, 아플 정도로 잘 알고 있다.

나는 분명 아무것도 못했을 것이다.

그렇기에 분명, 이런 『능력』에게 선택받았을 것이다.

칠드런 레코드 -side No.8-

『눈을 집중시키는』 능력을 해제하자, 두 눈에서 열기가 빠져나가는 것이 느껴졌다.

음울한 연구실을 들여다보고 있던 시야에는, 얻어맞은 것처럼 어두운 콘크리트가 들어왔다.

익숙하지 않은 감각에 몸을 맡기고 있었던 탓인지, 나는 시야가 원래대로 돌아올 때까지 내가 엎드려 있었다는 것도 깨닫지 못했다.

『능력』이 풀렸는데도 조금 전까지 보고 있었던 그 방의 참극이, 실제로 그 공간의 냄새가 나는 것처럼 현실감을 띠며 머릿속을 가득 메워갔다.

그 순간 나는 치밀어 오르는 구토감에 저항하지 못한 채, 위 속의 내용물을 그대로 몇 번이나 토해냈다.

바로 몇 초 전까지 나는, 『눈을 맑게 하는』 능력의 음모를 저지하기 위해 적의 아지트로 뛰어 들어간 신타로 일행을 내 『능력』으로 지켜보고 있었다.

『메카쿠시단』이라는 장난스러운 이름의 단체는 나를 많이 챙겨주었다. 그런 그들이 너무나 무참하고 무자비하고 어이없이 유린당하여, 모조품처럼 움직임을 멈춘 채 바닥에 쓰러진 것이다.

선혈의 바다 위에 누운, 친구였던 고깃덩이의 모습이 선명하게 떠올랐다. 일찍이 『아지랑이 데이즈』 안에서 몇 번이고 봐왔던 『사람의 죽음』……. 하지만 그들과 여기저기 돌아다녔던 약간의 추억과 그들과 함께 지냈던 기억 때문에, 그들의 『죽음』에 결코 익숙해질 수 없었다.

가슴속이 절망의 색으로 검게 물들기 시작했다. 나는 들이밀어진 어쩔 수 없는 현실을 잘게 짓씹듯이 이를 악물었다.

안 돼. 생각하지 마. 휩쓸리지 마.

적어도 지금은 이 절망에 휩쓸리면 안 된다. 어떻게든 버텨서 내가 할 수 있는 일을 찾아내는 것이, 살아남은 『우리』의 역할이다.

그렇게 소리가 되어 나오지 못한 말을 무작정 마음속으로 되새기자, 터질 것처럼 두근댔던 심장과 어지럽던 마음이,

열이 식는 것처럼 점점 진정되었다.

『익숙해지는』 것도 아니고 『잊는』 것도 아닌, 그저 『견딘다』.
지금은 그걸로 충분하다. 슬픔과 후회로 눈앞을 닫는 것만큼은 해서는 안 된다.
그렇게 위액 때문에 쓰라린 목을 거친 호흡으로 달래고 있을 때, 문득 군중이 웅성거리는 소리가 귀에 닿았다.

학교 건물에서 수백 미터 정도 떨어진 곳에 위치한 이 폐빌딩의 옥상은 하늘과 가까운 탓인지 지상과는 전혀 다른 방식으로 소리가 들렸다. 사람들이 말하는 목소리도 여기까지 닿는 소리와 그렇지 않은 소리가 있었다. 소리가 여기까지 닿아도 무슨 말인지 확인할 수 있는 것은 얼마 되지 않아서, 대부분은 사람의 목소리를 한 『단순한 소리』로만 들렸다.
하지만 그런 소리만으로도 지상을 가득 메운 군중이 『키사라기 모모』에 대해 이야기하고 있다는 것은 쉽게 짐작할 수 있었다.

나는 숨을 크게 한번 토한 뒤에 일어났다.
그리고 옥상 끝에 설치된 철책에 등을 기대고 앉아, 소리가 들려오는 지상을 내려다보았다.

한밤중인데도 눈 아래로 뻗은 큰길에는 사람들이 넘쳐날 정도로 가득했다. 차량이 오갈 수 없을 정도로 차도까지 넘쳐 나온 인파는, 마치 큰 강이 넘실거리듯이 학교를 향해 줄지어 있었다.

많은 말이 필요 없는『대사건』. 신타로 일행이 적의 아지트로 진입하는 것과 동시에 실시된 모모의 양동 작전은,『대중의 시선을 모은다』는 목적으로만 따진다면 대성공이라고 할 수 있을 것이다.

『키사라기 모모가 그곳에 있다』.

단지 그뿐인 불확실한 정보가 이렇게나 많은 사람들을 움직였다. 이것이 모모의『능력』때문인지, 아니면 그 녀석의 인기 때문인지 나는 알 수 없었으나, 누가 보더라도 상식의 범주를 완전히 벗어나는 일이었다.

상식에서 벗어난 일일수록 사람의 호기심을 자극한다. 적어도 오늘 이 사건은 좋은 의미로든 나쁜 의미로든 모모의 인생을 계속 따라다니겠지. 설령 아이돌을 그만두거나 어떤 변명을 하더라도, 이 사건은 분명 사람들의 기억 속에 강렬하게 남을 것이다.

하지만 모모는 설령 어떤 업보를 짊어지더라도『괜찮다』고 생각했다. 우리의 미래를 개척하기 위해, 오늘 이 순간, 망설이지 않겠다고 마음먹은 것이다.

그러고 보니, 그 녀석은 처음 만났을 때부터 쭉 그랬다. 본 적도 없는 나의 일을 마치 자신의 일처럼 걱정하며, 조금의 망설임도 없이「꼭 도와주겠다」고 말했다.

사람 좋고, 바보에다, 앞뒤 생각하지 않고 덤벼들고, 위태위태하고……. 하지만 누구보다 좋은 녀석이다.

모모가 그런 녀석이기에, 나는 이렇게 자신을 위해 싸울 수 있었다. 나에게『동료』라는 의미를 가르쳐준 것은 그 녀석이다.

그럼 나는 그 녀석에게 무엇을 해줄 수 있을까.

나는 별이 보이지 않는 밤하늘을 올려다보며, 그 빈틈없이 칠해진 어둠 너머로 우리의 미래를 떠올려보았다.

아직 남아있는 수단이 있을까? 있다고 해도 내가 그 일을 할 수 있을까?

"……아아~ 빼근해."

단정하지 못한 신음 소리가 들렸다.

바라보니 내 옆에 누워있던『에노모토 타카네』가, 빌려 입어서 사이즈가 맞지 않는 파카와 격투하며 가느다란 몸을 일으키기 위해 필사적으로 버둥거리고 있었다.

후방 지원을 맡은 나와 에노모토는, 『능력』의 성질상 능력을 사용하는 동안 본체가 몹시 무방비해졌다. 그 때문에 우리는 작전이 펼쳐지고 있는 적의 아지트에서 그리 멀지 않은, 이 폐빌딩의 옥상에서 몰래 몸을 숨기고 있었다.

에노모토는 『눈을 뜨는』이라는 『능력』에 의해 요 2년 동안 몸과 정신이 분리된 상태였다고 한다.

『몸과 정신이 분리』되다니 마치 만화 같은 터무니없는 이야기였지만, 그런 이야기에는 요 며칠 동안 완전히 익숙해졌다.

그런 그녀의 정신체인 『에네』가 『에노모토』의 몸으로 돌아온 것이 바로 어제……. 요컨대 2년 동안 움직이지 않았던 몸을 오늘 갑자기 가동시켰다는 모양이다.

2년 동안이나 움직이지 않았던 몸을 움직인다는 것이 얼마나 큰 고통을 동반하는지, 나는 상상도 가지 않았다. 하지만 『시야』를 잠시 육체에서 분리할 뿐인 내 『능력』도 남용하면 에너지 소모가 상당했다.

아마 에노모토가 소모하는 에너지는 나와 비교도 되지 않겠지. 그렇게 생각하니 위로의 말이라도 한마디 건네 볼까 싶었지만—.

"……뭐야. 뭘 봐?"

……무섭다.

그냥 무섭다, 이 사람. 눈이 무서워.

『에네』일 때는 뭐랄까, 『캬피캬피[#1]』했다고 할까. 그런 사어(死語) 같은 말이 어울리는 명랑한 인상의 사람이었는데, 본래 몸으로 돌아온 순간 마치 퇴근하고 돌아온 부인 같아졌다.

이것이 아버지가 말했던 「영업용 얼굴을 조심해라」라는 것인가.

"휴우~ 내 쪽은 일단락됐어. ……그쪽은 어때?"

에노모토 타카네는 나와 비슷한 자세로 앉으면서, 눈만 돌려 나를 바라보며 그렇게 말했다.

그 순간, 고요해졌던 심장이 약하게 뛰었다.

이번 작전에서 『에네』의 역할은 적 아지트의 보안 시스템을 해제한 후 인터넷을 이용해서 모모의 라이브 정보를 퍼뜨리고, 거기에 모모가 결행한 『게릴라 라이브』를 학교의 음

#1 캬피캬피 쾌활하고 명랑한 젊은 여성의 모습을 표현하는 단어.

향 설비를 사용해 지원하는 등, 꽤 바쁜 역할이었다.
그것을 생각하면 아마 돌입 부대의 상황…… 신타로 일행의 현재 상황에 대한 정보까지는 파악하지 못했겠지.

내 역할은 돌입 부대를 후방에서 지원하며 상황을 파악하고, 바깥에 있는 멤버에게 『상황을 보고』하는 일이었다. 그에 따른다면 나는 조금 전까지 보고 있었던 『그 처참한 사건』을 에노모토 타카네에게 이야기해야만 한다.

나는 목소리에 비장한 느낌이 묻어나지 않도록 주의하면서 상황을 전달했다.

"……상황이 안 좋아."

내가 단적으로 말하자, 에노모토는 잠시 뜸을 들이더니 작고 길게 숨을 토해냈다.
그런 뒤, 저 멀리 밤하늘을 바라보며 조용히 물었다.
"……다쳤어?"

에노모토의 말에 담긴 진의는 쉽게 파악할 수 있었다.
「다치기만 한 건가? 그 이상의 일은 일어나지 않은 건가?」, 그렇게 말하고 있는 것이다.

나는 뭐라고 대답해야 좋을지 망설인 끝에, 고개를 가로 저었다. 가능하다면 그걸로 파악해주었으면 했다. 키도도 물론이겠지만, 특히 신타로는 『에네』로서 오랫동안 함께했으니 분명 소중한 친구일 것이다.

그 친구의 『죽음』이 사실이고 언젠가 알게 될 일이더라도, 그 소식을 내 입으로 전하는 것은 너무나 괴로웠다.

하지만 에노모토는 마치 내 선고를 재촉하는 것처럼 밤하늘을 바라보며 계속 아무 말이 없었다.

그렇게 점점 길어지는 침묵을 견딜 수 없었던 나는, 겨우 그 말을 입에 담았다.

"……신타로와 키도가 죽었어. 거기까지만 봤어."

정적이 흘렀다. 옥상 아래의 소란이 귓가에서 멀어지고, 내 심장 소리가 가까이에서 울렸다.

잠시 뒤, 에노모토는 변함없는 목소리로 물었다.

"……그 녀석, 일은 제대로 했어?"

에노모토의 말에 문득 신타로의 마지막 모습이 떠올랐다.

그는 분명 『강한 사람』은 아니었다. 하지만 마지막의 마지막까지 조금의 우는 소리도 내지 않았다.
정말 좋은 사람이었다. 여기서 죽을 사람이 아니었다.
그렇게 생각하니 도저히 견딜 수가 없었다.

"제대로 했어. 그 사람, 총구 앞에서도 도망치지 않았어."

말을 마치는 것과 동시에, 내 눈에서는 굵은 눈물방울이 떨어졌다.
분했다. 아무것도 할 수 없었다.
그저 한없이 분하고 안타까워서 어쩔 수가 없었다.

"……그랬구나. 그 녀석, 열심히 했구나."
에노모토는 그렇게 말하더니 힘없이 웃었다.
나보다 훨씬 더 분하고 슬퍼서 어쩔 수 없을 텐데도 눈물을 흘리지 않았다.
그것이 『박정』하기 때문이 아니라는 것은, 아플 정도로 알 수 있었다.

신타로와 키도가 죽고 우리는 살아있다. 살아있다는 것은 뭔가를 해야만 한다는 것이다.
그렇지만 우리의 능력은 적을 날려버릴 만한 힘이 없었다. 무턱대고 덤벼봤자, 손가락 하나 건드리지 못하고 죽을 것이 뻔했다.

에노모토와 나는 그 사실을 충분히 알고 있다. 알면서도 우리는 싸워야만 하는 것이다.

그 방에는 아직 마리와 카노가 있다. 무사히 도망쳤다면 좋겠지만, 어쩌면 어려울지도 모른다.

모모는 어떻게 하고 있을까. 분명 눈에 띄는 모습을 숨기기 위해서, 타이밍에 맞춰 키도와 합류하기로 했을 텐데…….

하지만 이제 키도는 이 세상에 없다. 세토는 모모를 잘 데리고 빠져나왔을까.

무너지기 시작한 작전에는 어느새 짙은 패전의 기운이 감돌고 있었다. 아니, 처음부터 이길 가능성이 보이던 작전은 아니었다. 이것은『그런 싸움』이 아니다.

하지만 목적도 달성하지 못한다면, 그것이야말로 정말 최악이다.

그럼 어떻게 하지? 이제부터 나는 무엇을 할 수 있지? 생각해. 나는 어떻게 하면…….

"……너 말이야, 게임은 하니?"

끊임없이 이어지는 생각의 굴레에 빠지려던 내 머리는, 에노모토의 말에 현실로 돌아왔다.

……게임? 비디오 게임이라면 다른 사람만큼은 해봤다. 하지만 일각을 다투는 상황에서 왜 그런 질문을 하지?

잠시 생각해봤지만 질문의 진의를 전혀 파악하지 못해서 솔직하게 「뭐, 그럭저럭」 하고 대답했다.

신타로의 죽음을 알면서도 에노모토의 옆얼굴은 어딘가 산뜻했다. 에노모토는 전혀 달라지지 않은 음색으로 이야기를 시작했다.

"난 게임을 엄청 좋아하거든. 뭐, 학교에서 친구를 얼마 사귀지 못했기 때문이지만……. 초등학교 때랑 중학교 때는 게임만 했어."

에노모토는 그렇게 말하더니, 양손으로 컨트롤러를 조작하는 시늉을 했다.

여기까지 들어도, 왜 이 이야기를 하는지 이해가 가지 않았다. 마음이 답답했지만, 나는 이야기를 재촉하듯이 고개를 작게 끄덕였다.

"그래서 선생님이랑 할머니가 엄청 화를 냈지. 『지금은 평생에 한 번뿐이다! 게임에 정신이 팔리다니 괘씸하기 그지없구나!』라면서 말이야."

그 말투가 선생님의 말투인지 에노모토의 할머니 말투인지는 알 수 없었지만, 무척 고풍스러운 질책이었다.

그런 생각을 하고 있자, 에노모토는 「아, 방금 말투는 너무 과장스러웠나」 하고 부끄러워했다. 나는 어떻게 반응하면 좋을지 알 수 없었기에 「아아……」라고 대답했다.

"하지만 나는 계속 생각했거든~. 한 번뿐인 인생보다 몇 번이나 죽더라도 컨티뉴할 수 있는 게임 쪽이 훨씬 재미있다고. 그도 그럴 게 『한 번만 할 수 있다』고 생각하면 무서워서 움직일 수 없게 되잖아?

게다가 게임은 지면 질수록, 죽으면 죽을수록 강해지니까. 『분하다!』는 마음으로 『한 번 더!』 하고 계속할 수 있으니까 즐겁고, 강해질 수 있어."

에노모토는 거기까지 말한 뒤, 나를 돌아보았다. 애써 지은 미소에는 감출 수 없는 비통함이 어려 있었다.

"넌 왠지 예전의 그 녀석이랑 닮았거든. 머리가 엄청 좋은 탓에 앞일을 너무 걱정한 나머지 우울해하는 점이나…… 짊어지지 않아도 되는 걸 무리해서 짊어지려는 점이 말이야."

그 녀석이라는 건…… 신타로를 가리키는 걸까?

갑자기 그렇게 말해봤자 그다지 확 와닿지 않았지만, 앞일에 대해 너무 깊게 생각하는 것은 분하지만 맞는 말이었다.

"……실패하면 한 번 더 도전하면 되잖아. 그 정도의 각오가 없으면 앞으로 나아갈 수 없어. 게다가 봐……."

"우리는, 한 번 죽었는데도 이렇게 살아 있잖아."

에노모토는 그렇게 말하며 내 머리를 헝클어뜨렸다.

「그만둬」 하고 뿌리칠 수도 있었지만 그러지 않았다. 아마 에노모토는 자신의 얼굴을 보여주고 싶지 않아서 그랬을 것이다. 나에게 하는 조언처럼 들렸지만, 사실 자신을 타이르는 말이었겠지.

실패하더라도 한 번 더 하면 된다니, 낙천적이고 앞뒤를 생각하지 않는 무책임한 생각이다.

하지만 어째선지 마음속으로 훅 들어오는 말이었다.

에노모토는 한참 내 머리를 쓰다듬다가 조금 난폭하게 손을 뗀 뒤, 가볍게 기지개를 켜며 중얼거리듯이 말했다.

"자……. 그럼 나도 한 방 먹여주러 가볼까."

나는 왠지 모르게 에노모토가 그렇게 말하리라는 것을 예상하고 있었다. 아래를 보고 있던 나는 결심을 굳히기 위해 숨을 크게 내쉰 뒤, 에노모토를 바라보며 입을 열었다.

"나도 갈게."

물론 그렇게 말할 생각이었다……. 하지만 말을 내뱉기도 전에, 나는 눈앞의 광경에 엄청 당황할 수밖에 없었다.

어두운 밤 속에서 번쩍번쩍 빛나는 액정 화면이 눈앞에 보였다. 그 옆을 바라보니, 핸드폰을 내 쪽으로 내민 채 의식을 잃고 축 늘어진 에노모토가 있었다.

어쩜 이렇게 약삭빠를까……. 그렇게 생각한 순간, 핸드폰의 작은 스피커에서 한없이 밝은 목소리가 울렸다. 조금 전까지 나른했던 음색과는 전혀 달랐지만, 틀림없이 아까 나에게 조언하던 그 목소리였다.

"자~! 그런 이·유·로! 이 불초 에네, 이제부터 적진을 향해 가겠습니다! 잠시 동안의 이별……. 네, 그럼요, 쓸쓸하고 슬프겠지요. 그 마음 전부 말하지 않아도 아주 잘~ 알고 있습니다!

하지만 소년이여, 그것은 이루어질 수 없는 SA☆RANG……! 결코 열매를 맺지 못할 금단의 과실! 지금은 가슴속에 담아두고 언젠가 찾아올 트루 로맨스의 날까지 기다리는 겁니다……. 그래요, 당신에게도 조만간 멋진……. 으앗, 꺄아아아아악! 끝까지 들어요! 버리지 말아요!"

나는 에노모토의 손에서 냅다 집은 핸드폰을 에잇! 하고 밤거리로 던지려다가, 퍼뜩 정신을 차렸다.

안 되지, 안 돼. 갑작스러운 적의 습격인 줄 알았다. 아니, 적에 가까운 존재라는 사실은 확실하다. 분명 세뇌 전파 같은 것에 한없이 가까운 **그것**이다.

해가 된다는 것은 틀림없지만, 슬프게도 이 『에네』도 동료이다. 바로 믿기는 어렵지만, 저기에 누워 있는 에노모토의 정신체라는 모양이다…….

솟구치는 짜증을 억누르며 마지못해 핸드폰을 내려다보니, 장본인인 에네는 몹시 분개하며 볼을 부풀리고 있었다.

"정말이지~! 사람이 모처럼 가라앉은 분위기를 띄우려고 했더니, 눈치 없는 사람이네요! 그래서는 인기를 얻을 수 없다고요!"

안 되겠다. 이 녀석, 분명 장례식에서 웃어댈 타입이다.

"어쨌든 이제부터 진지한 이야기인데요!"

이제까지는 진지하지 않았다는 건가.

에네는 화면을 향해 얼굴을 휙 들이밀더니, 헐렁한 소매에서 검지를 척하고 꺼냈다.

도저히 진지한 모습으로는 보이지 않았지만, 그렇다고 생각하며 듣기로 했다.

"일단 이 핸드폰, 당신이 가지고 있어주세요! 그리고 절~대로 손에서 놓지 마세요!"

손에서 놓지 말라니……. 아니, 이건 모모의 핸드폰이잖아. 왜 네가 이걸 갖고 있는 거야?

그렇게 물어볼 새도 없이, 에네가 잇따라 입을 열었다.

"그리고 당신이 무사히 『오늘』을 넘긴다면…… 아래의 버튼을 누르면서 『오빠』라고 불러주세요. 알겠어요? 그게 당신의 임무예요."

"……뭐?"

그렇게 말하는 에네의 태도에는 여전히 장난스러운 분위기가 남아 있었지만, 농담하는 것으로는 보이지 않았다.

하지만 그 영문을 알 수 없는 임무는 뭐야? 애초에 왜 지금 이 녀석이 이런 말을 하는 거지? 내가 뭔가를 해야만 한다면, 신타로가 사전에 부탁했을 것이다.

에네의 말에 내가 당황하고 있을 때, 에네는 「자, 그럼」 하고 작게 중얼거리더니, 발길을…… 발은 없지만, 발길을 돌렸다.

그리고 에네는 나에게 등을 돌린 채, 마지막으로 이런 말을 남겼다.

"내가 부탁받은 건 여기까지예요. 자, 여기서부터는 내 개인적인 감상이지만……. 역시 당신과 주인님은 닮았어요. 『능력』도 그렇고 신뢰 같은 것도 그렇고 이것저것 있겠지만……. 역시 주인님은 자신과 닮았기에 당신을 선택한 거라고 생각해요."

"잠깐…… 무슨 소리야! 나, 나도 간다니까! 어이!"

에네는 내 부름에도 아무 말 없이 나를 살짝 돌아보며 미소 짓더니, 화면 안쪽으로 날아가 버렸다.

남겨진 내 머리 위로, 헬기 한 대가 요란스러운 소리를 내며 지나갔다. 모모가 일으킨 소동을 취재하기 위해 온 거라면 한발 늦었다. 이제 그곳에는 모모가 없으니까.

조용해진 핸드폰 액정에는 모모가 대기 화면으로 고른 『메카쿠시단』 멤버들의 사진이 있었다. 그다지 잘 나왔다고 할 수는 없었지만, 그래도 즐거운 얼굴로 이쪽을 바라보고 있었다.

그리고 나는 새삼 깨닫게 되었다.

분명 그들은 나의 친구이자 둘도 없을 사람들이며, 이제는 만날 수 없는 존재라는 것을 말이다.

분함과 쓸쓸함과 그들이 나에게 베풀어 주었던 너무나도 거대한 다정함에, 나는 그저 홀로 조용히 몸을 떨었다.

서머타임 레코드 -side No.6-

"모든 것이 파랬어."

언젠가 이 여행에 대한 감상을 누군가가 물어본다면, 나는 분명 그렇게 대답하겠지.

비슷한 말을 어딘가에서 들었던 것 같지만, 어차피 아무도 나에게 물어보지 않을 테니 신경 쓰지 말자.

여행이라고 말하면 웬 호들갑이냐고 생각할지도 모르지만, 역시 그 표현이 제일이다.

몸을 잃고 친구를 잃고, 어둠 속에서 의식만 깨어 있은 지 2년…….

도망치듯이 전자의 바다를 돌아다니다, 숨기 위해 **그 녀석**이 있는 곳으로 기어들어 갔고, 지금은 현실과 맞서기 위해 이곳에 있다.

다시 생각해보면 정말 최악이라는 생각만 드는 인생이었지만, 하나하나의 사건과 그로 인해 겪은 아픔이, 몸마저 잃어버린 나에게 『살아있다』는 감각을 일깨워주었다.

물론 감사할 생각은 없지만, 나는 확실히 이 인생이 싫지 않다.

무엇 하나 잘 풀리지 않았으며 무서웠고 서툴렀지만, 그래도 여기까지 계속해서 달려 온, 틀림없는 『나 자신』의 푸르고 푸른 모험담.

이 싸움이 끝나면 자주 다니는 인터넷 게시판에라도 적어두자. 『말도 안 된다』고 바보 취급당하면, 그것을 모두와 함께 히죽거리며 보는 것이다.

청록색 세계를 소리도 없이 날아갔다.

왠지 모르게 이제 돌아갈 수 없는 곳까지 왔다는 것을 알 수 있었다.

나는 이제 돌아가지 못할 『과거』를 멍하니 생각했다.

처음으로 사람을 좋아하게 됐고, 자신의 감정을 전하지 못했던 것.

싫어했던 녀석이 사실은 꽤 좋은 녀석이었던 것.

자신이 의외로 무능한 녀석이었다는 것.

그리고 그런 나를 동료라고 말해주는 녀석들이 있었다는 것.

분명 나는 또 다시 뭔가를 잃어버리게 되겠지.
하지만 그 다음에 분명 뭔가를 얻을 수 있을 거야.

그래, 나는 이 최악이자 최고의 인생을, 절대 후회하지 않을 거야.

설령 어떠한 결말이 기다리고 있더라도—.

칠드런 레코드 -side No.3- (2)

누가 죽더라도 절대 울지 않는다. 만약 다시 만난다면, 그 때는 울어도 좋다.

그런 약속을 한 이상, 여러모로 각오는 했었다.

하지만 미안. 역시 굉장히 괴로워, 이런 건…….

눈앞에서 가족이 죽는 모습을 보는 건 이걸로 세 번째다. 정말이지, 어떤 별 아래에 태어나야 이렇게 가혹한 일을 겪는 걸까. 『신은 없다』는 말을 자주 듣지만, 신이 없다면 이런 기괴한 인생을 살 일도 없지 않을까.

신이 없다는 말은 믿지 않는다. 분명 성격이 엄청 나쁜 신 하나가 우리를 계~속 악착스럽게 따라다니고 있을 것이다. 그렇게 생각한다.

괴로운 일이 일어날 때마다, 그런 『아무래도 좋을 생각』을 몇 번이고, 몇 번이고 떠올렸다. 신이 있다고 해서 딱히 뭘

가가 달라지는 것은 아니다. 그런 건 잘 알고 있다.

다만, 그저 『신』이라는 존재가 어떤 녀석인지 보고 싶다는 마음은 왠지 사라지지 않았다.

……아아, 그래. 그래서일지도 모른다.

'어쩌면 눈앞의 『저것』이 신일지도 몰라.'

그렇게 생각될 정도로, 눈앞에 있는 마리의 모습은 장엄하고 압도적인 존재감을 뿜어내며 그곳에 서 있었다.

사건이 일어난 것은 바로 조금 전이었다.

주도면밀하다고까지는 못해도, 하룻밤 만에 세운 것 치고는 잘 짜인 신타로의 『작전』은 거의 예정대로 완료되었다.

마리의 능력을 사용해 『눈을 맑게 하는』 능력이 깃든 아버지……. 요컨대 적의 움직임을 막은 뒤, 그대로 신병을 구속한다. 거기에 이르기까지의 흐름은 완벽하다고 해도 좋을 정도였다.

사태가 급변한 것은 그 직후였다.

어두컴컴한 연구실 중심에 나타난 거무칙칙한 그림자에, 동료 두 명이 눈 깜짝할 사이에 살해당했다.

아버지의 몸에 깃들어 있던 『눈을 맑게 하는 뱀』이 하필이면 코노하의 몸으로 이동한 것이다.

코노하의『능력』은『눈을 깨우는』능력이다. 소유자의 육체를 강화하는 그『능력』에『눈을 맑게 하는 뱀』이 들어가리라고는 생각도 하지 못했다.

그런 나를 비웃듯이 야비한 웃음소리가 방 안에 메아리쳤다. 그 소리에 뒤섞여 마리의 비명이 들려온 것 같았지만, 그때의 나는 눈앞의 참극에 그저 멍하니 서 있을 수밖에 없었다.

강인한『신체』에 잔인한『머리』……. 요컨대 최악의 사태였다.

하지만 내가 그렇게 인식했을 때에는 이미 검게 일그러진 코노하의 미소가 코앞에 있었다.

멱살이 잡힌 채 들어 올려진 나는 숨도 쉬지 못한 채 눈을 감았다. ……그래, 바로 그 순간이었다.

별안간 들려온 말에, 나는 무심코 몸을 움츠렸다.

『……와라, 아지랑이 데이즈.』

나는 순간 그것이 마리가 한 말이라는 것을 깨닫지 못했다.

평소에 우리가 놀리면 마리도 그 나름대로 분개한 모습을 보여주곤 했다. 무엇보다 바로 내가 마리를 가장 많이 놀렸었다. 저 아이가 화내는 모습을 가장 많이 본 것도 내가 아닐까 싶을 정도였다.

하지만『그 이름』을 부른 마리의 목소리에 담긴 노기는,

평소에 화를 냈을 때와는 비교도 되지 않았다.

그 순간 『눈을 맑게 하는』 능력은 움직임을 우뚝 멈췄고, 아주 잠깐이었지만 마치 공포에 떠는 것 같은 표정을 지었다.

그 직후, 실내의 얼어붙은 공기를 가르며 칠흑의 거대한 입이 나타났다.

이 세상의 모든 불길함을 품은 것처럼 보이는 그 입은, 눈 깜짝할 사이에 신타로와 키도의 몸을 붙들더니 다시 어딘가로 사라져버렸다.

눈앞에서 일어난 충격적인 사건 때문인지, 혹은 목을 조르는 그의 손가락 때문인지는 모르겠지만, 나는 그 장면을 본 것을 마지막으로 의식을 잃었다.

……그 뒤로 시간이 얼마나 흘렀을까.

고요하기 그지없는 어둠 속에서 눈을 뜬 내 앞에는, 마리의 모습을 한 『그녀』가 있었다.

뺨에는 비늘이 무수히 돋아나 있었고, 희미하게 빛나는 두 눈에는 뱀처럼 긴 검붉은 동공이 새겨져 있었다.

솜처럼 북슬북슬했던 긴 머리카락은 짧아져 있었고, 앳된 티가 남아 있던 명랑한 얼굴은 마치 다른 사람처럼 차가운 표정을 짓고 있었다.

그녀의 날카롭게 노려보는 시선 끝에는, 검게 변색한 코노하의 모습이 있었다. 조금 전에 마리가 굳힌 아버지처럼 꼼짝도 하지 않은 채 똑바로 서 있었다.

언뜻 봤을 때는 똑같이 보였지만, 코노하가 굳은 모습은 아버지와 전혀 달랐다.

코노하는 눈을 휘둥그렇게 뜬 채, 마치 절망의 구렁텅이에 갇힌 것처럼 공허한 표정을 짓고 있었던 것이다.

내가 아는 한, 『마리』의 힘으로는 이렇게 만들 수 없었다.

……본능이었을까. 나는 코노하에게 깃든 『눈을 맑게 하는』 능력을 그렇게까지 만든 『그녀』가, 사람이 아닌 『사람 같은 모습을 한 뭔가』라는 것을 확신했다.

마리의 모습을 한, 마리가 아닌 존재……. 문득 떠오른 『메두사』라는 단어에, 나는 견디지 못하고 마른 침을 삼켰다.

내 심장 박동 소리라도 들은 건지 『그녀』는 나를 보더니, 아무 말 없이 내 쪽으로 다가왔다.

몸이 움츠러들 정도로 날카로운 표정이 흔들거리며 서서히 다가왔다. 그렇게 내 눈앞까지 다가온 그녀는 쭈그리고 앉아 자신의 가슴께를 가리키더니, 익숙한 목소리로 이렇게 말했다.

"……너는 이 녀석의 가족인가."

마리의 말투가 아니었다.

순간 멈칫했지만, 그녀의 질문에서 위압감을 주려는 의도는 느껴지지 않았다.

아무튼 나는 대답하기 위해 입을 열었지만, 정작 뭐라고 하면 좋을지 알 수가 없었다.

이 녀석이라는 건 마리를 말하는 것이겠지. 하지만 마리와의 관계는 설명하기 까다로웠다.

『그렇다』고 대답하자니 조금 난감했고, 『동료』라고 하기엔 해석의 폭이 넓었다. 그럼 『친구』라고 해야 하나 생각했지만, 가족이 아니라고 하면서까지 친구라고 단언하는 것은 망설여졌다.

내가 고민하자, 그녀는「흠」하고 소리를 내더니 뭔가가 떠오른 것처럼 다시 입을 열었다.

"그럼 남편인가?"

…….

"아니거든!"

그 질문에는 바로 부정했다. 딱히 싫은 건 아니었지만, 엉뚱한 오해를 살 수는 없었다.

순간 내가 내지른 큰 목소리에 놀랐는지, 그녀는 눈을 깜박이더니 잠시 뒤에「후훗」하고 웃음을 터뜨렸다.

"뭐야, 말을 할 수 있구나. 입만 뻐끔거리기에 그런 식으로

의사소통을 하는 녀석인가 생각했다."

그녀는 그렇게 말하더니, 마치 「뭐야~」라고 말하는 것처럼 가슴을 쓸어내리는 동작을 했다.

어느새 조금 전까지 그녀에게 서려 있던 위엄 같은 것은 사라져 있었고, 그런 생각 때문인지 그녀의 몸도 작아진 것처럼 느껴졌다.

하지만 역시 마리의 말투와는 전혀 달랐다. 이만큼 유창하게 말하는 것을 보니, 아무래도 혼란스러운 탓에 말투가 바뀐 것도 아닌 모양이다.

그렇다면 생각할 수 있는 가능성은 그리 많지 않았다. 아마 어떤 계기로 인해 원래의 『마리』였던 인격이 『그녀』의 인격으로 바뀌었을 것이다. 뭐, 여성이 아닐 가능성도 있지만.

"……당신은 도대체 누구야?"

내가 단도직입적으로 묻자, 그녀는 다시 눈을 깜박거렸다.

눈을 깜박이는 것은 그녀의 버릇일까. 그 모습은 마치 내 말과 동작을 매우 흥미롭게 관찰하고 있는 것처럼 보이기도 했다.

얼버무리려나 싶었지만, 그녀는 딱히 숨기려는 기색도 없이 자신의 이름을 말했다.

"내 이름은 아자미다."

그 이름을 듣고 조금 전에 머리를 스쳐지나갔던 예감이 확신으로 바뀌었다.

신타로 일행이 마리의 집에서 발견한 일기의 주인……. 지금 마리에게 깃들어 있는 그녀는 『메두사』 아자미인 것이다.

"그리고 마리 엄마의 어미지."

"아…… 그, 그렇구나."

거기다 친절하게 설명까지 해주었다. 이 느낌으로 보건대, 전해 들었던 이미지보다도 더 알기 쉬운 인물일지도 모른다.

하지만 이걸로 대략적인 상황을 파악할 수 있었다.

아자미의 말을 믿는다면 『눈을 맑게 하는』 능력이 코노하의 몸에 들어갔듯이, 아자미도 어떤 방법으로 마리의 몸으로 들어온 것이다.

그렇다면 『눈을 맑게 하는』 능력을 무력화시킨 힘도 납득이 갔다. 이 사람은 우리에게 부여된 『능력』의 이른바 『원류』이니까.

『능력』을 빌려 쓰고 있는 우리보다 더 강력한 힘을 행사할 수 있겠지. 마치 어린애 싸움에 어른이 끼어든 것 같은 상황인가.

그렇다면 아아, 과연—.

이건 너무 잔인하잖아.

"왜…… 왜 하필 지금……."

순간 무심코 말이 튀어나왔다.

그것을 기점으로 마음이 점점 흘러넘치더니, 어느샌가 나는 떨리는 목소리로 말을 쏟아내고 있었다.

"너무 늦었잖아?! 몇 명이 죽었다고 생각하는 거야! 당신이 좀 더…… 좀 더 빨리, 도와주러 왔다면……."

「빨리」라는 것이 언제를 지칭하는 말인지는 나도 알 수가 없었다.

어머니가 강도에게 습격당했을 때인가, 혹은 양아버지와 양어머니가 토사 붕괴에 휘말렸을 때인가, 아니면 누나가 스스로 목숨을 끊었을 때인가.

……확실히 그런 순간에도 도와주러 왔다면 좋았을 것이다. 하지만 내가 말한 건 분명 그때가 아니었다.

나는 지금 「하다못해 키도가 죽기 전에 도와주러 왔으면 했다」는 마음을 담아 말한 것이다.

그렇게 내뱉은 말은 그 이상 이어지지 않았다. 격정이 되지 못한 억울한 마음이 눈물이 되어 눈꼬리에 맺혔다.

"아, 으음……."

내 말을 들은 아자미는 가냘픈 소리를 내더니, 당황한 듯 눈동자를 이리저리 굴렸다.

그야 그렇겠지. 아자미에 대해 내가 알고 있는 것은 얼마 안 되지만, 그녀도 『눈을 맑게 하는 뱀』이 꾸민 모략의 피해자다. 이런 상황에서 느닷없이 울부짖는 소리를 들으면 동요할 만도 할 것이다.

그래, 나도 알고 있다.

아자미가 이렇게 도와주러 온 것만으로도 충분히 고마운 일이다. 그녀를 부당하게 비난했다는 자각도 있었고, 내가 옳은 말을 했다는 생각도 들지 않았다.

단지, 그래도 견딜 수가 없었다.

부당하게 유린당해 삼켜진 동료의 원통함을 생각하면, 토해내지 않고서는 참을 수가 없었던 것이다.

"미, 미안하다. 너희가 얼마나 괴로운 일을 겪었는지 상상도 가지 않는군. 하지만…… 도와주러 오고 싶어도 올 수가 없었다."

아자미는 가련한 소녀처럼 눈을 내리깐 채, 주뼛거리는 어조로 그렇게 말했다.

변명이라는 생각은 들지 않았고, 『그건 거짓말이다』라고 부정할 만한 근거도 없었다.

"……그럼, 왜 이제야 온 거야. 그 정도는 가르쳐줘."

내가 그렇게 말하자, 아자미는 몸을 한 번 움찔 떨더니 작은 목소리로 대답했다.

"내 몸과 정신은, 내가 모든 『능력』을 잃었을 때 죽었다. 지금 이 녀석의 몸을 빌려 말하고 있는 나는 그저 『기억』일 뿐이지."

"기억……?"

"그래. 내가 살아있을 적의 『기억』을, 저쪽 세계에서 손녀의 머리로 날려 보낸 것이다. 좀 더 빨리 이렇게 할 수 있었다면 좋았겠지만……."

아자미는 거기까지 말한 뒤, 『마리』를 가리키듯 손끝으로 자신의 관자놀이를 가리켰다.

"이 녀석이 지닌 『아지랑이 데이즈』를 지배하는 힘…… 『눈을 합치는』 능력을 사용하지 않는 한 『아지랑이 데이즈』 안에서 이쪽에 간섭하는 것은 불가능하니까."

『기억』을 마리의 머리로 날려 보냈다고?

확실히 우리는 누구나 『기억』으로 구성되어 있다. 갓난아기일 때부터 영어권 지역에서 자라면 영어를 말할 수 있을 테고, 정글에서 자라면 동물을 사냥할 수 있겠지. 그 중에서도 인격은 경험의 영향을 가장 크게 받는다.

요컨대 지금 마리의 머리에는 『아자미』의 인생 기억이 새겨져 있다는 말인가. 그것이 사실이라면 마리가 아자미의 말투로 이야기하는 것도 확실히 납득은 가지만……. 그러나 마음에 걸리는 것은 다른 쪽이었다.

……『아지랑이 데이즈』.

그래, 마리는 분명 조금 전에 그 이름을 외쳤다.

아마 『아지랑이 데이즈』가 나타나 신타로와 키도를 삼켰던 그 순간, 아자미의 『기억』이 그들과 엇갈리듯이 이쪽으로 날아온 것이리라.

하지만 아무리 생각해도 이상하다.

아자미는 마리가 『아지랑이 데이즈』를 조종하는 힘을 지니고 있다고 말했지만, 마리는 그런 이야기를 한 적이 없다.

마리가 숨기고 있었을 가능성도 있지만, 몰랐다고 보는 편이 자연스럽겠지.

그럼 마리가 그렇게 타이밍 좋게 자신이 『메두사』라는 사실을 자각해서 『아지랑이 데이즈』의 이름을 부르는 게 가능할까?

내가 그런 생각에 잠겨있을 때, 뜻밖에도 아자미가 눈썹을 늘어뜨리며 이렇게 중얼거렸다.

"……츠보미 덕분이다."

느닷없이 아자미가 입에 담은 그 이름에, 나는 무심코 눈을 크게 떴다.

아자미는 그런 내 모습을 눈치채지 못한 듯, 담담하게 이야기를 이어나갔다.

"예전에 츠보미가 저쪽 세계에 왔을 때, 전언을 부탁했었다. 언젠가 밖에 있는 손녀와 만나게 된다면『아지랑이 데이즈』를 부르도록 전해달라고 말이지. 츠보미 안의『눈을 가리는』능력은 손녀의『눈을 합치는』능력에 끌리게 되니까. 언젠가 둘이 만나서 전해줄 거라 생각하긴 했다만……."

말의 끝머리에서 아자미의 목소리가 살짝 떨렸다.

아자미는 그렇게『메두사』라고 부르기에는 너무나 인간적인 표정을 지으며 쥐어짜내듯이 이어 말했다.

"한심하지……. 그 녀석은 나의 터무니없는 부탁을 들어주었다. 좋은 녀석이었어. 그런데…… 나는 제때 오지 못했지. 분하기 그지없다."

아자미의 눈물이 마리의 뺨에 돋아난 비늘을 따라 흘렀다.

작게 오열하는 아자미에게, 나는 더 이상 아무것도 물어볼 수가 없었다.

솔직히 아자미의 이야기에는 고개를 갸웃하게 되는 부분이 많았다.

키도는 왜 이제껏 『아지랑이 데이즈』에 대해 이야기하지 않았을까.

그리고 왜 이제 와서야 그것을 마리에게 전할 수 있었을까.

알고 싶은 마음은 굴뚝같았지만, 꼬치꼬치 캐물어봤자 무슨 소용인가.

이미 일어나버린 일은 달라지지 않는다. 이유를 알게 된다고 해도, 나 자신의 무력함을 위로하는 일밖에는 되지 않겠지.

다만 아자미의 눈물로 딱 한 가지는 확신할 수 있었다.

……아무래도 키도가 나를 구해준 모양이다.

나는 하아, 하고 한숨을 쉰 뒤 양손으로 얼굴을 덮었다. 갈 곳을 잃은 감정이 가슴속에서 뒤죽박죽으로 뒤엉켰다.

왜, 어째서, 어떻게 하면……. 하지만 떠올랐다 사라지는 그 마음은 다행인지 불행인지, 완전히 피폐해진 내 목에서 말이 되어 나오지는 않았다.

"너는 츠보미와 친했나?"

그렇게 묻는 아자미의 말투에서는 왠지 나를 향한 배려가 느껴졌다. 나를 걱정해주는 걸까.

그리고 보니 조금 전에도 비슷한 질문을 들었다. 마리와는 가족이냐고.

그 질문에 대답하지 못했던 대신이라고 하기엔 뭣하지만, 나는 지체하지 않고 대답했다.

"그렇, 지. 어렸을 때부터 쭉 함께 지냈어. 고집쟁이에 요령 없는 녀석이었지만…… 무척, 좋아했어."

내가 생각해도 무뚝뚝한 대답이었다. 하지만 진심이 담긴 대답이었다.

아자미는 내 말을 들은 뒤, 「그렇군」 하고 짧게 말하더니 이번에는 코를 훌쩍이기 시작했다.

이상하다 싶어 고개를 드니, 아자미는 아까보다 더 굵은 눈물을 흘리면서 몸을 부들부들 떨고 있었다.

"사, 상심이 크겠구나. 오랫동안 함께 지냈던 녀석과 헤어진다는 것은, 애끓을 정도로 괴로운 일이지. 으…… 흑…… 무슨 말을 하면 좋을지……."

아아, 뭔가…… 인간답구나. 이 사람.

만난 지 얼마 되지도 않은 사람에게 이런 식으로 감정 이입을 할 수 있는 사람은 얼마 없다. 정말 『메두사』라는 단어가 전혀 어울리지 않는 사람이다.

눈물이 뚝뚝 흐르는 뱀의 눈은, 우리의 몸속에 흐르는 피와 마찬가지로 고통의 빛을 띠고 있었다. 계속해서 괴로워해 온, 꺼림칙한 색이다.

물론 아자미가 들려준 이야기를 무턱대고 믿는 것은 아니다. 하지만 그럼에도 마음이 가는, 작지만 커다란 이유가 있다.

우리는 『괴물』이라고 불리며 몹시 미움 받는 것의 공허함을 잘 알고 있다.

눈이 붉은색인 녀석을 싫어하게 될 리가 없다.

……키도라면 분명 그렇게 말하겠지. 나는 거기에 따르기로 했다.

"정말이지, 어쩔 수가 없네. 키도는 우리를 위해 노력했어. 그 아이가 없는 건 쓸쓸하지만, 키도가 살려준 목숨인데 울고만 있을 수는 없지."

나는 그렇게 단언하며 일어섰다.

반은 본심이었다. 하지만 반은 거짓말이었다. 그 거짓이 녹아내리기 전에, 지금은 망설임 없이 나아가야만 했다.

"이야기해줘서 고마워, 아자미 씨. 그럼 이제부터 어떻게 하면 돼?"

"……경칭은 붙일 필요 없다. 아자미라고 불러라."

아자미는 크게 한 번 훌쩍이더니, 눈물을 닦으며 불만스럽다는 듯이 말했다.

"어어, 음…… 꼭 이름만 불러야 해?"

"당연하지. 옛날에 받은…… 소중한 이름이다."

……과연, 그럼 확실히 무척 중요하겠네.

나는 한없이 사람 같은 아자미에게 「알았어」라고 대답한 뒤, 코노하에게 깃든 『눈을 맑게 하는』 능력을 향해 돌아섰다.

조금 전과 전혀 달라지지 않은 모습으로 서 있는 『눈을 맑게 하는』 능력은, 그 표정과 더불어 확실히 이상했다.

공허한 두 눈에서는 빛이 보이지 않았고, 혼이 빠져나간 것처럼 멈춰 선 그 모습에서는 이제 조금의 감정도 느껴지지 않았다.

이런 상태이니 옆에서 보면 결말이 난 것처럼 보일 수도 있겠지. 하지만 분명 아직 끝나지 않았다.

무엇보다 코노하의 몸을 빼앗긴 상태인데, 이대로 내버려둘 수는 없다.

게다가 언제 또 다시 움직여서 공격해올지도 모른다.

그렇기에 조금 전에는 하지 못했던 『눈을 맑게 하는』 능력에 대한 근본적인 대처를 어떻게든 해야 하는데…….

내가 이런저런 생각을 하고 있을 때, 아자미가 천천히 입을 열었다.

"손녀의 힘으로는 몇 분 동안 몸을 굳게 만드는 것이 한계일 것 같아서 말이다. 이건 츠보미의…… 『눈을 가리는』 능력을 사용한 것이다."

키도의 『능력』을 사용했다는 말에 가슴이 욱신거렸다.

아무리 머리로는 이해한다고 해도, 역시 쉽사리 받아들일 수 있는 현실은 아니었다.

내가 아무런 반응을 보이지 않자, 아자미가 내 얼굴을 힐끔거렸다. 나는 허둥지둥 정신을 차린 뒤, 아자미의 말에 대해 생각했다.

『눈을 가리는』 능력을 사용했다는 것은 어떤 의미일까. 키도의 『능력』은 한없이 『인식』을 흐리게 하는 힘이었다.

"음, 모습이 투명해진 것 같지는 않은데…… 어떤 방식으로 사용한 거야?"

"모습? 아아, 자신을 『투명하게 만드는』 것은 『눈을 가리는』 능력 중 하나에 지나지 않는다. 뭐, 간단한 이야기지."

아자미는 그렇게 말한 뒤에 『눈을 맑게 하는』 능력을 가리키더니, 그대로 그의 주위를 덧그리듯이 허공에 손가락을 빙 돌렸다.

"저 녀석의 『이 세상의 사물과 현상에 대한 모든 감각』을 지웠다. 저 녀석은 이제 소리와 빛과 자신의 고동조차도 인식할 수 없어. 무명(無明)의 세계에 가둔 것과 비슷하다. 몸을 움직이는 방법도 알 수 없겠지."

냉혹한 그 말투에, 무심코 몸이 떨렸다. 『눈을 맑게 하는』

능력을 흘겨보는 아자미의 표정에는 조금 전에 느꼈던 배려심이 전혀 남아 있지 않았다.

상대의 모든 감각을 지워버리다니, 상식에서 벗어나도 정도가 있다.

『능력』을 자유자재로 사용하는 정도가 아니다. 나는 새삼 눈앞에 있는 그녀가 진짜 『메두사』라는 것을 실감했다.

"하지만 결국 시간 벌기에 불과하다. 그리 오래가지는 못해."

아자미는 그렇게 말하고 『눈을 맑게 하는』 능력 쪽으로 걸어갔다. 나도 허둥지둥 그 뒤를 따랐다. 아자미는 『눈을 맑게 하는』 능력의 정면에 서서 그를 찬찬히 둘러보더니, 깊은 한숨을 쉬었다.

"역시 조금씩 몸을 다시 구성하고 있군……. 아마 『눈을 깨우는』 능력을 사용해서 나의 힘이 미치지 않는 육체를 만들기 시작한 것이겠지. 본디 저 녀석은 내 힘에 대해 잘 알고 있을 테니 당연하다면 당연한 일이다만……."

"그건 결국……?"

내 물음에 아자미는 식은땀을 흘리며 얼굴을 굳혔다.

"잠시 뒤에 이 녀석은 『두 번 다시 내 힘이 통하지 않는 몸』을 손에 넣고서 움직인다는 말이다."

순간, 뇌리에 조금 전 목이 뚫릴 뻔했을 때의 기억이 선명하게 되살아났다.

평소의 부드러운 표정과는 너무 다른 코노하의 잔학한 미소— 잠시 떠올리기만 해도 몸이 떨려서 어떻게 되어버릴 것 같았다.

"위, 위험하잖아! 그렇지 않아도 감당할 수가 없는데…… 그런 거랑 어떻게 싸우라는 말이야!"

"기, 기, 기다려라! 진정해라! 이 정도는 당연히 예상하고 있었다! 나도 저쪽 세계에서 긴 시간을 보내는 동안, 그저 가만히 있었던 것은 아니다. 물론 대책도 확실하게 생각해 뒀다."

아자미는 과장된 몸짓으로 손을 붕붕 저은 뒤에 팔짱을 끼더니, 기세 좋게 흥하고 콧방귀를 뀌었다.

과연, 생각해보면 당연한가. 애초에 『눈을 맑게 하는』 능력 자체가 원래는 아자미의 『능력』 중 일부였던 것이다.

기습을 당하거나 속임수에 빠지지 않는 이상, 『메두사』의 힘을 지닌 아자미는 분명 절대적으로 유리한 위치에 있다.

그런데도 조금 무서운 이야기를 들은 정도로 소동을 피우다니, 나도 꽤나 창피한 행동을 해버렸다. 아자미도 상당히 자신 있는 모양이니, 여기는 아자미에게 맡기고 지켜보도록 하자.

내가 기대하며 바라보자, 아자미는 「뭐, 보고 있거라」라고 말한 뒤 『눈을 맑게 하는』 능력을 향해 양손을 내밀고 조용히 눈을 감았다.

“아무리 머리가 잘 돌아가고, 아무리 강인한 신체를 손에 넣더라도, 결국 이 녀석은 『눈을 합치는』 능력의 지배하에 있는 『능력』 중 하나에 불과하다. 끌어내서 강제적으로 복종시켜주마……!”

아자미가 눈을 감더니 끙끙 신음하기 시작했다. 기분 탓인지, 주위에도 어딘가 장엄한 분위기가 감도는 것처럼 보였다.

아아, 길었던 우리의 싸움도 드디어 끝나는 건가. 가족을 잃고 동료를 잃고 정말로 많은 일이 있었지.

이 싸움이 끝나더라도 잃어버린 것은 돌아오지 않는다. 하지만 신타로와 키도가, 그리고 누나가 지키려고 했던 것은 적의 손에 떨어지지 않고 끝날 것이다. 지금의 나에게는 그 사실만으로도 위안이 되었다.

아자미에게도 감사해야겠지. 아자미가 와주지 않았다면, 지금쯤…….

“……어라?”

지금 아자미가 뭔가 불길한 말을 한 것 같은데, 기분 탓인가? 분명 「어라?」 하는 소리가 들렸는데…….

아자미를 쳐다보니, 그녀는 눈을 꼭 감은 채, 상당히 안간힘을 쓰고 있었다. 조금 전에 『눈을 맑게 하는』 능력을 끌어내겠다고 했는데, 이 모습을 보건대 상당히 어려운 일인 모양이다.

힘내, 아자미. 이기고 지는 문제가 아닐지도 모르지만, 아무튼 지지 마…….

아자미는 계속해서 끙끙 신음했다.

……아니, 정말 괜찮은 건가? 어쩐지 후우, 후우 하고 숨을 몰아쉬기 시작했는데? 아자미, 괜찮은 거야?

잠깐, 지금 순간 코노하의 얼굴을 보고 「어? 아직도 안 나온 거냐?」 하는 표정을 지었는데, 괜찮은 거냐? 아자미.

조금 전에 「긴 시간을 보내는 동안, 그저 가만히 있었던 건 아니다」라고 했잖아. 잠깐, 왜 울 것 같은 표정을 짓는 건데? 아자미, 힘내, 정말로…….

"……더, 더는 무리다."

창백한 얼굴로 뒤돌아보는 아자미에게서는, 이제 『메두사』의 위엄을 전혀 찾아볼 수 없었다.

그리고 아마 내 얼굴도 창백하겠지. 그렇지 않아도 을씨년스러운 실내 공기가 축축한 정적에 둘러싸였다……. 그리고 정적은 곧 깨졌다.

"아니, 뭐어어어어?! 잠깐 기다려, 조금 전에는 엄청 자신

만만했잖아?! 저 녀석도 『능력』 중 하나에 불과하다고 말했던 건 뭐였는데?!"

"시시시시시, 시끄럽다! 알게 뭔가! 나는 필사적으로 했단 말이다! 이유는 모르겠지만, 내 말을 전혀 듣지 않는 데다, 이렇게…… 여하튼 무리였단 말이다!"

"『여하튼 무리였다』고?! 그러지 마, 엄청 기대했는데! 어떡할 거야, 이거! 어이!"

"뭐?! 내가 얼마나 노력했는데, 그렇게 말할 것은 없지 않느냐! 불만 있으면 네가 해라! 네가!"

"뭐?! 내가 할 수 있을 리 없잖아?! 넌 뭐 하러 온 거야, 정마아아아아알!"

우리가 그렇게 불필요한 언쟁을 하고 있을 때, 갑자기 연구실 문이 「타앙!」 하는 호쾌한 소리를 내면서 열렸다.

"우와아아아아아아아아아아앗!"

예상하지 못한 방향에서 들려온 느닷없는 폭음에, 나는 무심코 펄쩍 뛰어올랐다. 그리고 아자미도 함께 펄쩍 뛰어올랐다. 나보다 더 높이 뛰어올랐다.

"다들 괜찮아?! 잘 되고 있어?! 앗…… 어라? 마리, 이미지 변신한 거야?"

숨을 몰아쉬면서 나타난 것은 키사라기였다. 키사라기는 아자미가 깃든 마리의 모습을 보고 멍한 표정으로 고개를 갸웃했다.

빰에 비늘이 돋아난 친구를 보고 『이미지 변신』을 했냐고 묻다니 대단하다. 이런 상황에 뛰어 들어와서 입을 열자마자 한 말이 그거라니, 과연 키사라기라는 느낌이었다.

그나저나 키사라기가 여기에 왔으니, 그 녀석도 왔겠지. 열려 있는 문 쪽을 바라보니, 키가 큰 그림자가 비틀거리며 나타났다.

"잠깐, 너, 너무 빠르다, 키사라기 씨……. 허억…… 후우……."

가쁜 숨을 쉬면서 나타난 세토는, 마치 마라톤을 완주한 선수처럼 허리에 손을 짚은 채 헐떡이며 말했다.

키사라기는 『양동 작전』 다음에 우리와 합류할 계획이었다. 세토와 함께 있다는 건, 거의 작전대로 흘러갔다는 긴가.

세토의 임무는 간단히 말하자면 키사라기의 호위였다. 주위에 적의 증원으로 보이는 수상한 『목소리』가 없는지 살피면서 적 세력과 마주치는 걸 피하는, 이른바 『음파 탐지기』의 역할을 맡고 있었다.

『능력』을 많이 써야 하는 역할이라 세토가 꺼리지 않을까 생각했지만, 당사자인 세토가 「맡겨주십쇼」 하고 믿음직스럽게 대답해서 조금 놀랐다.

뭐, 숨을 몰아쉬는 모습을 보건대, 키사라기에게 꽤나 휘

둘린 모양이지만.

“아아, 세토 씨. 먼저 가서 죄송해요. 왠지 세토 씨의 발이 생각보다 느려서…….”

키사라기는 머리를 긁적이며 미안하다는 듯이 말했지만, 으음, 단어 선택은 최악이었다.

세토는 「죄송함다……」 하고 힘없이 웃은 뒤, 침울한 표정을 지었다. 저 녀석은 체력은 있지만, 그에 비해 발은 느렸던 것이다.

하지만 호위를 두고 혼자 달려오다니, 역시 키사라기는 보통내기가 아니구나. 뭐, 키사라기의 『능력』도 상당히 강력하니까 작정하고 쓰면 적 한둘은 별 문제 없겠지만.

“그런데 카노 씨, 저기…… 이 상황은 어떻게 된 거예요?”

키사라기는 주위를 두리번거리며 둘러보더니, 다시 고개를 갸웃했다. 아마 신타로와 키도의 모습이 보이지 않는다는 걸 눈치챈 거겠지.

그것을 깨닫자, 차가운 물이 위 속으로 흘러들어온 기분이 들었다. 조금 전에 내가 맛본 그 절망감을 키사라기도 알게 되는 것이다.

내가 키사라기의 질문에 대답하지 못하고 있을 때, 별안간 아자미가 내 옷자락을 잡아당겼다.

"어이, 꼬마. 저 녀석은 동료인가."

우리 두 사람이 서 있는 장소와 키사라기와의 사이에는 조금 거리가 있었다. 나는 키사라기에게 들리지 않도록 조심하면서, 재빨리 아자미에게 귓속말을 했다.

"맞아, 멤버 중 한 명이야. 조금 전에 아지랑이 데이즈에 삼켜진 남자애의 동생이지."

아자미는 내 말을 듣고「윽!」하는 소리를 냈다. 아까 나의 고백에 그렇게나 감정 이입을 했던 사람이다. 이렇게 말하면 내가 키사라기에게 대답하는 것을 망설이는 이유도 대략 눈치채겠지.

하지만 상황이 상황이다 보니 아지랑이 데이즈에 삼켜진 동료와 코노하에 대한 것을 두 사람에게 숨길 수는 없었다. 『눈을 맑게 하는』 능력이 다시 날뛰기라도 하면, 그때는 게임 오버다. 여기에 있는 전원이 눈 깜짝할 사이에 말하지 않는 고깃덩이로 변하겠지. 그것만큼은 어떻게 해서든 피해야 했다.

하지만 어떻게 전하면 되지? 잘못 말해서 두 사람이 전의를 완전히 상실하면 어떡하지? 그뿐이라면 그나마 낫지만, 도망가는 것조차 포기하게 된다면?

하지만 그런 내 망설임을 제쳐둔 채, 아자미가 느닷없이 입을 열었다.

"너의 오빠는…… 『아지랑이 데이즈』에 삼켜졌다. 츠보미도 마찬가지지. 그 녀석들은 용감하게 맞서 싸우다 죽었다."

갑작스러운 아자미의 발언에 심장이 펄떡 뛰어올랐다.

"바, 바보야……!"

말이란 아 다르고 어 다르다고!

나는 그렇게 말참견하려고 했지만, 의연한 아자미의 태도에 압도당해서 입을 다물었다.

키사라기는 딱딱한 표정으로 「어?」라고 하거나 「뭐?」라며 말이 되지 못한 소리를 흘렸다. 세토도 마찬가지로 동요한 모습으로 부들부들 떠는가 싶더니, 직후 몸에서 힘이 쭉 빠지면서 시선을 떨궜다.

두 사람의 애처로운 반응에, 나도 견디지 못하고 눈을 내리깔았다. 전해졌다. 어찌할 수 없는 현실이, 어떻게 할 수 없을 정도로…….

두 사람이 이 현실을 마주 볼 수 있을 때까지 얼마나 걸릴까. 아니, 애초에 마주 본다고 해도 이 현실을 견딜 수 있을까.

하지만 그런 내 걱정이 무색하게도 침묵은 그리 길게 이어지지 않았다.

"그렇……구나. 그래, 그랬구나……."

키사라기는 흘러넘칠 것 같은 뭔가를 억누른 뒤에, 그것을 조금씩 짜내듯이 말했다.

그 말을 건져 올리듯이 아자미가 대답했다.

“견디기 힘들겠지, 이해한다. 하지만 여기서 풀 죽어 있기만 하면 그 녀석들의 희생은 허사가 된다. 아직 해결된 건 아무것도 없다. 그러니…….”

아자미가 그렇게 말을 끝맺기 전에, 키사라기의 목소리가 끼어들었다.

“……알았어. 내가 할 수 있는 일이 뭐가 있을까.”

무심코 고개를 들었다. 시선 끝에 비치는 키사라기의 표정에는 일말의 망설임도 보이지 않았다.

둔해졌던 머리가 햇빛에 노출된 것처럼 천천히 맑아졌다.

내가 기억하는 한, 나는 이런 얼굴을 이제껏 두 번 보았다.

잊을 수도 없는 그날, 해 질 녘의 옥상에서 결심을 굳혔던 누나가 이런 표정을 지었었다. 그리고 바로 아까 전에 키사라기의 오빠가 이런 표정으로 우리의 선두에 서 있었다.

키사라기는 오빠의 유지를 이어받으려는 것이다. 거기에 자극을 받았는지, 세토도 살짝 눈물을 머금은 채로 아무 말 없이 고개를 끄덕이며 대답했다.

그런 두 사람의 얼굴을 차례로 바라본 뒤, 아자미는 「어떡하겠나」라고 말하듯이 내 얼굴을 보았다.

……정말이지, 다들 이상하다.

불합리에 시달리며 몇 번이나 절망스러운 상황에 처해졌는데도, 아무도 『포기하지 않는다』.

아무래도 우리 단원들의 결심은 내 생각보다 더 단단한 모양이다. 정말이지, 단장에게 보여주고 싶을 정도다.

문득 신타로가 내세웠던 이번 작전의 『최종 목표』가 머리를 스쳤다.

신타로가 유난히 진지한 얼굴로 몹시 유치한 표어 같은 것을 말했기에, 다들 이상하다며 웃어버렸다.

하지만 다들 분명하게 알고 있었다. 그 목표는 이제껏 시달려왔던 우리가 목숨을 걸고 손을 뻗을 만한 가치가 있다는 것을, 분명하게 말이다.

"……정말이지, 당해낼 수가 없네."

이러니저러니 해도 역시 신다로구나, 히고 나는 쓴웃음을 지었다.

하여간 의사 확인은 끝났다. 하지만 앞으로의 일에 대해 이야기하기 전에, 해야만 하는 일이 한 가지 더 있었다.

나는 짧게 숨을 내쉰 뒤, 옆에 서 있는 『메두사』에게 조언했다.

"우선 자기소개부터 해야 하지 않아?"

천진난만한 마리의 얼굴을 한 채, 위엄 있는 말투로 이야기하던 본인은「무슨 소리냐」라고 말하듯이 멀뚱거렸다.

시야 끝에는「언제 태클을 걸까 생각했다」며 고개를 끄덕이는 두 사람의 모습이 보였다.

……하긴, 이렇게나 캐릭터가 다르면『이미지 변신』이라고 표현하기엔 무리가 있다.

*

약품 냄새가 짙게 떠도는 연구실 안의 공기는 여전히 팽팽했다.

사방에 배치된 액정 모니터에서 쏟아지는 지나치다 싶을 정도의 밝은 빛을 받으면서, 우리는 머리를 맞대고 아이디어를 짜내고 있었다.

아자미가 더듬거리며 한 자기소개가 두 사람에게 제대로 잘 전달되었는가는 제쳐 두고, 우리는 대략적인 정보를 공유했지만 상황은 여전히 좋지 않았다.

아자미의 말에 의하면『눈을 맑게 하는』능력을 제어해 무력화시킨다는 계획은 절망적인 모양이다. 하지만 다른 수단을 생각하려고 해도 아무런 대안이 떠오르지 않았다.

실내에 시계 같은 것은 보이지 않았는데, 그것이 오히려 초조감을 불러일으켰다. 보이지 않는 타임리밋이 다가오는 느낌에 우리의 정신은 빠르게 마모되고 있었다.

그런 와중에 나는 문득 떠오른 근본적인 의문을 아자미에게 던졌다.

"그나저나 『눈의 능력』은 원래 아자미가 갖고 있던 능력이잖아? 『눈을 가리는』 능력도 자유자재로 다루고 있는 모양이고……. 근데 왜 『눈을 맑게 하는』 능력만 아자미의 생각대로 컨트롤할 수 없는 건데?"

그러자 아자미는 「이래서 문외한이란」이라고 말하듯이 어깨를 으쓱했다. 왠지 공연히 쿡쿡 찔러보고 싶어지는데?

"너도 배가 고프면 먹고 졸리면 잠을 자겠지. 그것을 굳이 논리를 따지며 하지 않는 것과 마찬가지로 『능력』에게도 각자가 우선하는 『욕구』 같은 것이 있다."

아자미는 그렇게 말한 뒤, 키사라기의 가슴을 쿡 찔렀다. 키사라기는 딱히 피하려고 하지 않았지만, 나는 세토가 그 광경에서 눈을 돌리는 모습을 놓치지 않았다. 유사시라고, 형제.

"예를 들어 네가 갖고 있는 『눈을 사로잡는』 능력은 『타인에게 인식되고 싶다』는 소원을 매우 좋아하지. 각자가 좋아하는 것은 다르지만, 모든 『능력』은 그 소원을 양식으로 삼아 계속해서 존재한다. 그렇기에 그 소원을 빼앗기는 것을 몹시 싫어하지."

듣고 보니 나도 『능력』을 손에 넣었을 때, 누군가에게 그런 질문을 들었던 것 같다. 아자미는 생리적인 욕구를 예로 들었지만, 내 머리에는 자연히 그것이 굶주린 뱀의 이미지로 떠올랐다.

뱀은 집념이 강하다는 이야기를 들은 적이 있는데, 소원을 양식으로 삼는 『능력』이 뱀의 모습인 것도 거기에서 비롯된 것일지도 모른다.

"하지만 소원만 탐내서는 어불성설이지. 인간은 『욕망』에 대해 『이성』을 내세우지? 『능력』에 대해 이성의 역할을 하는 것이 『눈을 합치는』 능력이다."

아자미는 「이거 말이다」라고 말하듯, 키사라기의 가슴을 찌르고 있던 손가락을 휙 돌려 자신의 관자놀이를 가리켰다.

키사라기는 「과, 과연」 하고 제대로 이해하지 못한 모습으로 고개를 끄덕였다.

"대부분의 『능력』은 『눈을 합치는』 능력 앞에서 무조건적으로 굴복하지. 『능력』을 한데 모으면 그야말로 『아지랑이 데이즈』와 같은 『별세계』도 만들 수 있다. 하지만 『눈을 맑게 하는』 능력이 거기에 굴복하지 않는 건, 『눈을 합치는』 능력의 명령보다도 우선되는 강한 욕구를 따르고 있기 때문이겠지. 그게 무엇인지는 모르겠지만, 컨트롤할 수 없는 이상 어떻게 할 수가 없다."

아자미는 거기까지 말한 후, 풀이 죽은 모습으로 고개를 떨궜다. 무소불위의 『능력』을 만들어냈으면서, 본인은 그다지 유능하지 못하다니 몹시 이상했다.

아니, 그렇지도 않다. 아자미가 유능하지 못하기 때문에 『능력』이 만들어진 것일지도 모른다. 아마도 이 『능력』은 무력한 아자미 자신의 『다양한 소원』을 이루기 위해 생겨났겠지.

그리고 무슨 인과인지 『아지랑이 데이즈』가 만들어진 것을 경계로, 예전의 아자미와 비슷한 『소원』을 지닌 우리에게 『능력』이 깃든 것이다.

그렇다면 뱀은 각 단원들이 지닌 『어떤 딜레마』를 마음에 들어했다는 말이다.

키사라기의 『눈을 사로잡는』 능력이 반응한 소원이 『타인에게 인정받고 싶다』라면, 세토의 『눈을 훔치는』 능력이 반응한 소원은 『타인의 마음을 알고 싶다』는 것이겠지.

사람의 소원을 먹고, 그 소원을 이루어주며 계속 존재하려는 『열 가지 능력』.

우리는 각각 『능력』을 사용하는 데 어떤 제한이 있다. 하지만 『눈을 합치는』 능력을 지닌 아자미가 『눈을 맑게 하는』 능력에 사용한 『눈을 가리는』 힘은 확실히 이 세상의 이치를 거스르는, 이질적이며 절대적인 힘이었다.

그것이 『능력』이 지닌 본래의 힘이라면, 이제 그 힘은 이상하다는 말로 설명할 수 있는 차원이 아니었다.

예를 들어 『눈을 가리는』 능력을 사용해 『이 세상의 모든 것을 인식할 수 없게 만든다』는 것도 가능할까?

또는 『눈을 속이는』 능력을 사용해서 『이 세상의 모든 것을 전혀 다른 것』으로 인식하게 만들 수 있다면?

그리고 그 효과의 대상을 『사람』이 아니라…… 예를 들어 『세계』를 향해 사용할 수 있다면?

『세계』는 『능력』에 의해 『현실』을 잃고, 『공상』은 『능력』에 의해 『현실』로 변한다.

그렇다면 『공상』을 『현실』로 오인한 『세계』를 『열 가지 능력』의 마음대로 만드는 일도 가능하지 않을까?

이 이야기가 노트 구석에 적혀 있다면 이것을 본 사람이 웃어넘길 것 같은 황당한 이야기지만, 그렇게 생각하자 우리의 『능력』과 『아지랑이 데이즈』가 하나의 선으로 이어지는 것처럼 보였다.

이 『능력』에 세계의 규칙조차 바꿔버리는 힘이 있다면, 『눈을 맑게 하는』 능력이 정신이 아찔해지는 시나리오를 계획해, 우리의 『능력』과 마리의 『눈을 합치는』 능력을 계속해서 노린 것도 납득이 갔다.

그렇다. 예전에 해 질 녘의 옥상에서 『눈을 맑게 하는』 능력이 나에게 했던 그 말……. 우리의 『능력』만 있다면, 그 말이 『이루어지는』 것이다.

도대체 무엇을 위해서—. 여전히 이유는 알 수 없지만, 그 녀석은 분명 이 힘을 사용해서 그 말을 실현시키려 하고 있다.

메두사의 힘을 사용해서 『이 세계의 모든 것』을 되감아, 모든 것을 0(제로)로 되돌린다는 계획을…….

막연하게 인식하고 있던 『최악의 시나리오』가 이제야 무자비할 정도로 현실감을 띠기 시작했다.

그렇지 않아도 제대로 된 대책이 떠오르지 않던 머리가, 뱀처럼 고개를 들기 시작한 절망감에 순식간에 침식되었다.

아무리 고민해도 이 절망에서 벗어날 명안이 떠오르지 않았다.

역시 우리는 여기에서 끝나는 걸까. 아무리 생각해봤자 이런 황당한 상황을 타파할 대책 같은 건…….

황당한…… 황당한…….

잠깐. 조금 전에 나는 머릿속으로 어떤 것의 이름을 떠올리고 있었지?

"……아 ……**아.**"

가늘고 약하디 약하지만, 내 뇌리에 똬리를 트는『절망』을 그대로 구현한 듯한 날카로운 목소리—.

그 목소리는 내 고막에서 두개골까지 손쉽게 관통하여, 희미한 희망에 기대려던 내 머리에『죽음』이라는 한 단어를 새겨 넣었다.

나를 포함한 세 명은 생존 본능에 의해 튀어 오르듯이 그와 거리를 두었다.

아자미는 그런 우리와 대조적으로 순식간에 그와 거리를 좁히더니, 가느다란 두 팔을 힘껏 뻗으며 그의 앞을 가로막아 섰다.

"도망쳐라! 아무 생각도 하지 말고 달려!"

마리의 목에서 나왔다고는 생각할 수 없을 정도로 패기가 담긴 목소리에, 무심코 발이 방의 출구를 향했다.

하지만 유감스럽게도 내 머리는 자신에게 닥친 위기를 우선할 수 있을 정도로 자기애가 가득하지 않았다. 다른 두 사람도 같은 생각인지, 우리는 누구 하나 그녀의 말을 따르지 않은 채 그 자리에 남아 있었다.

"뭐, 뭐하는 거냐! 얼른……."

"그러고 싶은 마음은 굴뚝같지만, 단장에게 자신이 한 말은 끝까지 책임지라고 교육받았거든. 게다가 우리가 도망쳐봤자 어차피 곧 살해당하겠지."

그렇게 비아냥거릴 수 있었던 것은, 분명 머리가 마비되어 있었기 때문이겠지.

몸은 완전히 덜덜 떨리고 있었지만, 아무래도 입은 아직 내 생각대로 움직이는 모양이었다.

"그래, 마리…… 아니, 아자미. 너를 두고 갈 수 있을 리가 없잖아. 혼자서 싸우려고 하다니, 너무 폼 잡는 거 아냐?"

악명 높은『메두사』에게 경칭도 붙이지 않고 바로 이름으로만 부르다니, 거참, 이 아이는 정말 전설이구나.

아자미는 그런 우리를 보고 할 말을 잃은 것 같았지만, 이윽고 어딘가 체념한 듯한 말투로「바보 녀석들이」라고 내뱉었다.

말씀하신 대로 어떤 말을 하든 아무것도 하지 못하면「바보 녀석」이라는 소리를 들어도 어쩔 수 없다. 그저 약점으로 전락할 뿐이다.

눈앞에서는 검게 변색한 코노하의 몸이, 넘쳐흐를 듯한 불길함을 흩뿌리면서 서서히 움직이기 시작했다.

하지만 여전히 공허한 눈을 보니, 우리를 보고 있는 것 같지는 않았다. 아무래도 정신은 아직 어둠의 세계를 떠돌고 있는 모양이었다.

그러나 저 몸이 조금 전의 민첩성을 되찾아 우리에게 덤벼들기까지는, 그리 오래 걸리지 않겠지.

이제 대책을 세울 시간도 없었다. 하지만 이 판국에 문득 떠오른 생각이 딱 하나 있었다.

분명 잘 모르기에 나올 수 있는 생각이겠지만, 다른 대책이 없다면 물어볼 가치는 있었다. 공교롭게도 그가 반쯤 각성한 것이 촉매가 되어, 조금 전에 잠시 뇌리를 스친『광명』의 정체가 이제는 머릿속에 또렷하게 떠올랐다.

"저기, 아자미. ……『아지랑이 데이즈』를 부를 수는 없는 거야?"

내 질문에 뒤돌아본 아자미의 눈동자에는, 다 익어서 떨어진 석류 같은 붉은빛이 감돌았다.

그 눈……『눈을 합치는』능력은 조금 전에 분명『아지랑이 데이즈』를 불러왔다. 그가 저쪽 세계에 삼켜진다면, 결말이 나지는 않더라도 이 자리는 수습될 것이다.

물론 그것은『코노하의 몸을 저쪽 세계로 던져 넣는다』는 비정하기 짝이 없는 생각이기도 하다. 하지만 코노하는 몸을 빼앗긴 상태이긴 해도『죽은 상태는 아니다』.

우리는 일찍이 목숨 대신에『능력』을 얻어『아지랑이 데이즈』에서 돌아왔다. 그러니 살아있는 코노하가 이쪽 세계로 돌아올 수 있는 방법도 있지 않을까.

이대로 의식을 빼앗긴 친구에게 전원이 사이좋게 괴롭힘을 받다 살해당해, 눈 뜨고 볼 수 없는 배드 엔딩을 맞이할까.

아니면 『연장전』으로 들어가서 대책을 세울 시간을 손에 넣을까.

적어도 삼켜진 동료들이 우리에게 부탁한 『미래』가 전자에 있으리라고는 도저히 생각할 수 없었다.

"……너는, 언제부터 그 사실을 깨달은 거냐?"

그렇게 물어보는 아자미의 말끝에는 당황하는 기색이 희미하게 섞여 있었다.

「그런 방법은 생각하지 못했다!」거나 「동료를 『아지랑이 데이즈』에 넣다니!」 같은 느낌은 아니었다.

「깨닫지 못하기를 바랐다」고 말하고 싶은 듯한, 거북해하는 뉘앙스였다.

나는 그런 위화감을 느끼면서도 분명하게 대답했다.

"바로 조금 전이야. 『아지랑이 데이즈』에 저 녀석을 넣을 수 있다면 적어도 전멸은 피할 수 있겠지. 물론 그 뒤에 코노하를 구출할 수 있는지도 묻고 싶지만."

"……확실히 『눈을 합치는』 능력을 사용하면 『아지랑이 데이즈』로 들어가는 입구를 열 수는 있다. 하지만…… 열 수 있을 뿐이다."

역시 내 생각에 놀란 것도, 내가 생각한 내용이 완전히 불가능한 것도 아닌 모양이다.

조금 전에는 아자미의 말끝에서 희미하게 묻어나던 당황이, 이제는 아자미의 표정에서 뚜렷하게 드러났다.

"『아지랑이 데이즈』는 죽음에 직면한 사람만 삼키지. 이미 죽음 같은 건 진즉에 극복한 저 녀석을 넣으려면『아지랑이 데이즈』의 성질을 바꿔야만 한다. 하지만……."

아자미는 잠시 말을 끊었다가, 이내 체념한 듯이 강한 어조로 이렇게 말했다.

"『눈을 합치는』 능력만으로는『아지랑이 데이즈』의 성질을 바꿀 수 없어. 적어도『열 가지 능력』 중 절반…… 너희의 목숨을 대신하고 있는『능력』을, 이 몸에 깃들게 할 필요가 있다."

"우리의, 목숨……."

머릿속으로 뱀들이 떠올랐다.

마리의『눈을 합치는』 능력.

키사라기의『눈을 사로잡는』 능력.

나의『눈을 속이는』 능력.

세토의『눈을 훔치는』 능력.

그리고, 이미 마리의 일부가 된 키도의『눈을 가리는』 능력.

태평하게『목숨의 수』를 헤아린 나는, 그 수가 마침 딱 열의 절반인 다섯이라는 사실을 깨달았다.

“저 녀석을 굳힌 다음에 바로…… 네가 의식을 잃고 있을 때, 이미 시험해보았다. 『눈을 합치는』 능력과 『눈을 가리는』 능력만으로는 『아지랑이 데이즈』의 입을 여는 것만 가능하다. 하지만…… 말하고 싶지 않았다. 너희는 망설이지도 도망치지도 못하겠지. 내가 이것에 대해 말하면, 너희는…….”

그렇게 말한 아자미의 새빨간 눈동자에는, 어린아이처럼 눈물이 어렸다.

거기에 사람들이 『괴물』이라고 부르며 두려워하던 『메두사』의 모습은 보이지 않았다.

만났을 때부터 계속 느끼고 있었지만, 아무래도 이 사람은 감정 이입을 엄청 잘하는 성격인 모양이다.

타인의 일을 마치 자신의 일처럼 그대로 받아들이며 눈물을 흘린다.

대부분의 인간은 그렇지 않은데, 메두사인 그녀가 이러니 어쩐지 웃음이 나왔다.

아아, 정말이지. 나는 가혹한 인생 속에서도 다정한 사람들만 만났구나.

키사라기는 아자미가 있는 곳까지 걸어가더니, 아자미의

키에 맞춰 허리를 굽히고 그녀를 끌어안았다.

"……고민해줘서 고마워. 하지만 너에게라면 맡길 수 있어. 친구의 가족인걸."

"으…… 흑……."

아자미는 키사라기의 말에 대답도 하지 못한 채, 안쓰럽게도 오열을 했다.

그 모습은 정말 미덥지 못했지만, 목숨을 맡길 만하다는 키사라기의 말에는 나도 완전히 동감했다.

세토의 생각은 어떤가 싶어 바라보니 「당연하지 않슴까」라고 말하듯 쓴웃음을 짓고 있었다.

이 녀석과도 정말 많은 일이 있었지.

지긋지긋했던 『괴물의 방』도 지금 생각하니 그리워졌다. 그 이층 침대 위에서 『행복』은 어디에 있을까 하며 얼굴을 맞대고 울고 웃었던 나날은, 다시 생각해보니 마치 어제의 일처럼 선명했다.

정말이지, 밤새 추억을 이야기할 시간이 없어서 다행이다. ……이야기를 하면 분명 이 다음의 미래를 기대하게 될 테니까.

……그리고 그것은 무자비하고 갑작스럽게 찾아왔다.

"크아아아아아아아아아아아아악!"

『눈을 맑게 하는』 능력은 몸을 크게 한번 꿈틀거리더니, 짐승 같은 포효를 내질렀다. 탁한 노란색의 안구는 실내를 빙글빙글 둘러보다 우리를 발견하고 움직임을 우뚝 멈췄다.

"유감이구나, 빌어먹을 꼬마들."

뱀이 입맛을 다시는 소리가 일그러진 듯한, 신경을 거슬리게 하는 목소리가 고막에 달라붙었다.

이제 그 목소리에서 친구의 옛 자취는 찾아볼 수가 없었다.

"……윽!"

격렬한 오한과 뚜렷한 살의에, 온몸이 부서진 것처럼 부르르 떨렸다.

그야말로 절망의 화신으로 변한 『눈을 맑게 하는』 능력은 양손을 축 늘어뜨린 채, 사나운 시선으로 허공을 둘러보았다. 그리고 아자미에게 시선을 향하더니, 입꼬리를 비뚜름하게 끌어올린 다음…….

……한 발.

그의 칠흑 같은 오른발이 범상치 않은 다릿심으로 바닥을

내리찍었다.

귀가 먹먹할 정도로 커다란 폭발음이 울리고, 튀어 날아간 금속제의 바닥 타일이 벽면의 모니터에 푹푹 박혔다.

그 기세를 추진력으로 바꿔서 튀어 날아가듯 발사된 『눈을 맑게 하는』 능력의 몸은, 칠흑의 탄환이 되어 아자미의 코앞으로 다가왔다.

그 녀석은 말도 못할 정도로 빠르게, 압도적인 맹위를 떨쳤다.

그 절망적인 습격을 정면에서 본 키사라기는 찰나의 순간, 껴안고 있던 아자미를 옆으로 밀쳐냈다.

아자미의 진홍색 두 눈이 허공을 가르며 더없이 커졌다.

자신의 몸을 방패로 삼아 『미래』를 감싸려는 그녀의 모습에서 『능력』을 사용하는 기척은 느껴지지 않았다.

그런데도 그녀의 결의가, 영혼이, 내 눈을 붙들었다.

아자미의 비명이 굉음에 묻혔다.

키사라기는 칠흑의 그림자를 바라보면서 곤란한 듯이 미소를 지었다.

그렇게 「잘 부탁할게」라고 말한 것을 끝으로, 그녀의 몸은 고무 인형처럼 튀어 날아가, 내던져진 벽면과 바닥에 새빨간 피바다를 만들었다.

너무나 일방적인 참극에 누구 하나 비명소리조차 낼 수 없었다.

그리고 다음은 너라고 말하듯이 『눈을 맑게 하는』 능력의 눈이 『마리의 모습』을 바라보았다.

『눈을 맑게 하는』 능력은 눈 깜짝할 사이에 마리의 코앞으로 이동해 그녀의 목을 붙잡아 공중으로 가볍게 들어올렸다.

겁에 질린 듯한 마리의 모습에 『눈을 맑게 하는』 능력은 황홀한 표정을 지었다.

"그만둬……. 부탁……."

『눈을 맑게 하는』 능력은 그녀의 말을 다 듣지도 않은 채, 마리의 오른팔을 붙잡더니 비틀어 올리듯 쭈욱 잡아 찢었다.

"으아아아아아아!"

그 녀석은 「감쪽같이 속았지?」라고 말하고 싶은 듯한 미소를 지으며, 마리가 격통에 절규하는 모습을 만족스럽게 바라보았다.

"죽이지 않을 거라고 생각했어? 아하하하하하하하!"

머릿속에 울려 퍼지는 야비한 웃음소리에 눈앞이 캄캄해

졌다.

녀석의 오른 주먹이 재차 타격을 주듯이 마리의 옆구리를 파고들었다.

성대한 물소리를 흩뿌리며 피가 폭포처럼 바닥으로 흘러 떨어졌다.

……아아, 끝났다. 모든 것이 끝났다.

아무래도 나는 언젠가 꿈꿨던 미래의 세계를 보지 못할 것 같다.

아아, 분하다. 조금만 더 하면 닿을 것 같았는데……. 다음 기회가 있다면 좀 더 잘 할 수 있을 테지만, 그런 건 없겠지. 만화도 아니고.

하지만 뭐, 마지막으로 딱 하나─.

쓸모없는 인생에서 나름의 체면은 세웠다고 생각한다.

『고통에 의해 마리의 모습이 해제된 나』는 『눈을 맑게 하는』 능력의 놀란 표정을 보고 즐거워져서, 참지 못하고 입매를 허물어뜨렸다.

이미 훨씬 전부터 팔과 옆구리에서는 통증이 느껴지지 않았다. 죽음을 맞이하는 것이 두 번째가 되자, 지금 이 상황이 어떤 의미인지 알 것 같았다.

몽롱해져가는 의식 속에서 『눈을 가리는』 능력을 사용하고 있던 『진짜 아자미』가 모습을 드러내는 것이 보였다.

아자미는 등 뒤로 다섯 마리의 하얀 뱀을 거느린 채, 격노한 표정을 짓고 있었다.

아, 그런가. 내 『능력』도 이제 아자미에게로 갔구나. 이러니저러니 해도, 있다 없어지니 허전하구나.

어쨌든 마지막의 마지막에 키도의 『눈을 가리는』 능력과 함께 싸울 수 있었다는 것은 기뻤다. 너무 잘한 거 아닌가 싶을 정도로—.

나는 어느새 바닥에 내던져져 있었다. 더구나 내던져진 각도가 나빠서, 내 눈은 마지막으로 『눈을 맑게 하는』 능력의 절망적인 표정을 보게 되었다.

정말이지, 친구의 얼굴로 그런 표정은 짓지 말라고.

『아지랑이 데이즈』가 입을 벌렸다. 나는 조용히 어두워진 눈을 감았다.

그러다 마지막 순간에, 어둠 속에서 핸드폰의 진동 소리를 들었다.

아아, 그렇구나. 그 아이도 있었구나. 과연, 그런 거구나. 정말 눈치가 빠르다니까, 거참.

그렇게, 나는 죽어갔다.

죽음의 끝에서 한순간, 좋아하는 그 아이의 목소리가 들린 것 같았다.

화가 난 듯한 목소리에, 나는 무심코 뒤를 돌아보았다.

뒤돌아본 그곳에 누구의 모습도 보이지 않는다는 것이, 무엇보다 그녀다웠다.

서머타임 레코드 -side No.2-

한동안 켜지 않았던 텔레비전을 켰다.

몇 초 뒤, 화면에서는 끝없이 이어지는 형형색색의 자동차 행렬이 비치고 있었다. 그 뒤에서는 젊은 여성의 목소리가 「여름휴가의 끝을 맞이하여, 수도권의 주요 도로는 더욱 혼잡해질 것으로 예상된다」며 딱딱하게 원고를 읽고 있었다.

카메라가 비추는 화면이 바뀌더니, 연한 남색의 미니밴 안에서 핸들을 쥐고 있는 중년 남성의 모습이 보였다. 차 안에는 그밖에도 커다란 그림자 하나와 작은 그림자 둘이 보였다. 얼굴까지는 보이지 않았지만, 어쩐지 자식을 끔찍이 사랑하는 가족의 이미지가 머릿속에 떠올랐다.

이대로 좀 더 볼까 생각했지만, 어쩐지 손가락이 리모컨의 전원 버튼을 눌러버렸다.

그렇게 무료하게 시간을 보내고 있을 때, 고요해진 실내에 어디선가 매미 소리가 흘러들어왔다.

옛날부터 매미 소리를 별로 좋아하지 않았다. 운치 있다고 생각하며 듣고 있을 때는 좋지만, 이 소리가 언제까지 계속될까 생각하면 마음이 아파왔다.

이렇게 씩씩한 소리로 울고 있는데도, 그들은 결코 여름을 넘길 수가 없는 것이다.

「매미는 생애 한 번밖에 없는 여름을 온 힘을 다해 살고 있는 거야」라고 말하는 사람도 있었지만, 그 사실을 알고 있어도 길가에 굴러다니는 바짝 말라버린 모습을 볼 때마다 견딜 수가 없었다.

하늘을 올려다보며 바짝 말라서 흙으로 돌아가는 그들은, 어떤 생각을 하며 죽어갈까. 여름을 지나, 그 다음의 풍경을 보고 싶다고 바랄까.

만약 그들이 그런 생각을 하며 죽어간다면, 꽤나 잔혹한 이야기나.

여름이 지나면 몸도 마음도 얼어붙을 듯한 겨울이 찾아온다. 그리고 그들의 몸으로는 겨울을 버틸 수가 없다. 신은 처음부터 그들에게 『여름의 다음』을 준비해주지 않은 것이다.

그러고 보니, 언젠가 카노가 「신은 분명 못된 녀석 일거야」라고 중얼거렸었다.

주변에는 행복해 보이는 사람들로 가득했는데, 우리는 불행했다. 그것은 신이 우리에게 불행을 강요하고 있기 때문이라고 했다.

그때는「정말, 그 말대로다」라고 말하며 함께 웃었지만, 어쩌면 귀가 밝은 신이 그 말을 들었을지도 모른다.

『행복』의 의미도 모른 채『행복』을 바란 우리를, 신은 어떤 얼굴로 비웃고 있었을까.

……우울해진다. 좋지 않아.

나는 한숨을 흘린 뒤, 텔레비전 옆에 떡 하니 자리 잡고 있는 개구리 모양의 시계를 보았다.

조금 더 있으면 그 아이가 물건을 사러 나간 지 한 시간째가 된다. 목적지와의 거리를 생각하면 앞으로 몇 분 안에 돌아올 것이다.

하지만 그 아이의 성격을 생각하면 모르는 일이다. 돌아오는 길에 활기찬 개라도 만나게 되면, 멀리 돌고 돌다가 아지트로 돌아오는 데 두 시간은 더 걸리겠지.

그렇게 해서 귀가를 한다면 그나마 낫지만, 돌아오지 않을 가능성도 있다. 그렇게 되면 두말할 필요 없이 결사의 야간 수색에 나서야 했다.

"하아……."

두 번째 한숨이 입술을 마르게 했다.

역시 함께 가는 편이 좋았을까. 하지만 그런 말을 해서 괜히 기분을 상하게 만들면, 내가 모르게 몰래 빠져나갈 가능성도 있다.

뭐, 본인에게 신경 써 달라는 말을 들은 것도 아니고, 본인이 「내버려둬」라고 하면 어쩔 수 없다. 하지만 아무리 해도 걱정이 사라지질 않으니, 내 마음이라는 것은 정말로 성가셨다.

그 아이는 존중해야 하는 개인임과 동시에, 나의 가장 소중한 사람이기도 했다. 자유롭게 살기를 바라지만, 위험한 일은 하지 않았으면 좋겠다. 나는 그 균형을 잡는 방법을 아직까지 찾지 못했다.

"뭘 그렇게 멍하니 있어?"

확실히 조금 멍하니 있었을지도 모른다. 나도 모르게 대꾸를 한 걸 보면.

"음~ 잠시 생각 중입다. 인간관계에서 균형을 잡기란 어려운 일이네요."

누가 있다.

"우와아아아악! 언제?! 언제 돌아온 검까!"

나는 소파에서 굴러 떨어지며 오른쪽 팔꿈치를 바닥에 세게 부딪쳤다. 격통에 얼굴을 찡그리며 뒤를 올려다보자, 마리가 소파의 등받이 너머에서 몹시 이상하다는 표정으로 나를 보고 있었다.

시계를 확인하니, 마리는 딱 한 시간 만에 돌아왔다. 무심코 나는 무척 기분이 좋아져서 큰 목소리로 말했다.

"괴, 굉장함다, 마리! 시간에 맞춰 돌아오다니……."

"평범하게 돌아왔는데."

듣고 보니 그랬다. 역시나 마리도 불만스러운 듯 나를 물끄러미 바라보았다.

"역시 걱정했구나. 괜찮다고 했는데……."

"아…… 뭐, 아주 살짝임다. 정말로 살짝."

"흐음~ 아주 살짝이란 말이지."

마리의 찌를 듯한 시선이 따갑게 쏟아졌다. 부당하기 그지없다. 온통 지뢰밭이다.

그렇게 생각해봤자 소용없다는 걸 알고 있기에, 나는 적당히 얼버무리면서 일어나, 소파를 사이에 두고 마리와 마주보았다.

나를 올려다보게 된 마리는 손에 들고 있던 비닐 봉투를 휙 들어올렸다.

"이거, 냉장고에 넣어야 돼."

쇼핑은 혼자 가겠다고 나섰지만, 정리 같은 잡일에는 별로 흥미가 없는 모양이다.

나는 불안하게 부들부들 떨리는 양팔에서 비닐 봉투를

받아들다가, 생각보다 무거운 무게에 고개를 갸웃했다. 부탁한 건 카레 재료인데…….

"어라? 마리, 예정에 없는 물건이라도 샀음까?"

내 물음에 마리는 기다렸다는 듯이 눈을 빛냈다.

"맞아 맞아, 굉장한 게 있었거든! 자, 봐……."

마리는 그렇게 말하더니, 소파의 등받이에 손을 짚고 몸을 내밀어 내가 들고 있던 비닐 봉투 안으로 손을 집어넣었다.

쇼핑 리스트 안에는 분명 달걀 한 팩도 있었다. 나는 비닐 봉투 안을 난폭하게 휘젓는 마리의 손을 바라보면서 간담이 서늘해졌지만, 마리도 그 정도는 알고 있겠지. 모른다면 달걀은 이미 돌아오는 길에 분쇄되었을 것이다.

그렇게 마리의 손이 뭔가를 들어 올리자, 비닐 봉투는 놀라울 정도로 가벼워졌다. 대체 뭔가 싶어 마리가 들어 올린 것을 바라본 나는 무심코「엇」하는 소리를 내뱉었다.

마리의 손에는 통통하게 살이 오른, 훌륭한 고급 생선의 꼬리가 잡혀 있었다.

더구나 한여름인데도 불구하고 얼음 같은 보냉제도 없었다.

잡아서 그대로 비닐 봉투 안에 넣은 것 같은 싱싱한 생선과의 만남에, 나는 무심코 비명을 질렀다.

"우와아아아아아아아앗! 잠깐, 어떻게 된 검까, 이거?!"

"어, 가자미(カレイ, 카레)[#2]. 신경 제거라고 했어."

말 그대로 가자미. 그것도 신경 제거[#3]한 마츠마에산[#4] 가자미라니, 이건 또 굉장하네.

마리는 영차 하며 가자미를 소파 위에 올려놓더니, 팔짱을 끼고 자랑스럽다는 듯이 가슴을 폈다. 가자미에서 축축하게 물기가 나와 소파에 얼룩을 만들었다.

"세토, 카레를 만든다고 했잖아. 하지만 말이야, 요즘 카레는 그대로 먹을 수 있게 팔고 있다고."

과연, 이건 틀림없이 『그대로 먹을 수 있다』. 초등학생 수준의 말장난이 눈앞에 그대로 구현되어 있었다.

"마리…… 카레 좋아하죠?"

"응, 순한 맛이 좋아."

마리는 고개를 끄덕이며 수긍했다.

"어떤 건지 설명할 수 있겠음까?"

"음, 밥에 얹어 먹는 거."

마리는 그렇게 말하며 양손을 빙글 돌리며 커다란 원을 만들었다.

그것이 카레의 어떤 부분을 표현하는 몸짓인지는 모르겠지만, 일단 그릇이라고 생각하기로 하며 이야기를 계속했다.

"그럼, 이걸 어떻게 하면 카레가 됨까……?"

#2 가자미(カレイ, 카레) 일본어로 가자미(カレイ)와 카레(カレー)는 뒤가 장음처리 되어 발음이 같다.

#3 신경 제거 생선의 사후 경직을 늦추기 위해 척수 내부의 수액을 파괴해 제거하는 것.

#4 마츠마에 홋카이도 남서쪽 끝의 지명. 해산물 산지로 유명하다.

"으음…… 냄비로?"

……냄비로?

어쩌면 부엌 안쪽에 잠들어 있을지도 모르지만, 적어도 내가 아는 한 생선으로 카레를 연성할 만한 냄비는 우리 집에 없다.

마리는 순진무구한 눈으로 할 말을 잃은 나를 올려다보았다. 그 눈을 보자 더 이상 이러쿵저러쿵 말할 생각이 들지 않았다.

"……가자미 카레(カレイカレー, 카레 카레)로 할까요. 오늘은."

내 말에 마리는 기쁜 듯이 펄쩍 뛰어올랐다.

"그게 뭐야! 카레가 두 개나 들어가는 거야?! 엄청 맛있겠다!"

그렇게 해서 나는 소파 위에 놓여 있는 가엾은 『카레』를 들고, 그것을 냉장고에 넣기 위해 부엌으로 향했다.

분명 약간의 채소 정도는 남아 있을 것이다. 앞으로는 메뉴가 갑자기 바뀌더라도 유연하게 대처할 수 있도록 준비해 놔야겠다.

그런 생각을 하면서, 문득 내려다 본 비닐 봉투 안쪽에서 찌그러진 달걀 팩을 발견한 나는, 오늘 메뉴에 달걀 요리를 추가했다.

칠드런 레코드 -side No.9-

"뭐, 어쩔 수 없죠. 응, 어쩔 수 없어."

"……어?"

온통 순백으로 물든 허구의 공간에, 나의 한심한 음색을 머금은 「어?」가 빨려 들어갔다.

아니, 모르겠다. 「어」가 아니었을지도 모른다. 「으어」 같은 느낌이었을 수도 있다.

침대 옆에 선 그는 머리를 벅벅 긁더니, 잘 들리지 않는 목소리로 중얼거렸다.

"아니, 그러니까 뭐라고 할까요……. 선배, 너무 신경 쓰지 마세요. 죽였다거나 살해당했다거나……. 그런 생각은 좋지 않으니까요."

그는 아무렇지도 않은 듯 그렇게 말하더니, 침대 옆에 앉으며 「그나저나 여기 정말 할 게 없네요」라고 투덜거렸다.

……어라? 나, 지금 꽤 중요한 사실을 밝혔는데?

코노하가 내 『능력』이라는 것과 신타로를 죽인 게 나(코노하)였다는 것을…….

뭔가 「빌린 책을 잃어버렸어」 하는 수준으로 전달된 것 같은데 괜찮을까? 한 번 더 말하는 게 좋을까?

……응, 한 번 더 말하자.

“저, 저기! 신타로!”

신타로는 몸을 움찔 떨더니, 무슨 일인가 하고 내 얼굴을 응시했다.

“그러니까 말이지. 한 번 더 말할 테니까 제대로 들어줬으면 좋겠는데, 괜찮을까?”

“아뇨, 제대로 들었다니까요. 코노하가 선배의 『능력』이라는 이야기랑, 제가 죽은 게 코노하 때문이라는 거였죠?”

“어? 아, 마, 맞아.”

뜻밖에도 내가 하고 싶었던 말은 제대로 전달된 상태였다. 신타로가 너무 잘 알고 있어서 오히려 내가 당황했다.

내가 주뼛거리는 모습이 어이가 없었는지, 신타로는 「하아」 하고 한숨을 토했다.

“저, 이것저것 생각났어요. 『아지랑이 데이즈』로 오기 직전까지 뭘 하고 있었는지, 왜 여기에 왔는지도요. 제가 죽은 건 『눈을 맑게 하는』 능력이라는 녀석이 코노하에게 깃든 탓이에요. 선배 탓이 아니고요."

"하, 하지만…… 애초에 내가 『친구들을 한 번 더 만나고 싶어』라고 바랐기 때문에 이런 일이 일어난 거야. 내가 처음부터 아무것도 바라지 않았더라면……."

『그 아이』는 「『능력』이 소유자의 소원을 이루어준다」고 말했다. 코노하는 틀림없이 내 소원에 의해 태어났고, 신타로 일행과 만난 것이다.

내가 처음부터 이상한 소원을 바라지 않았더라면 코노하는 태어나지 않았을 테고, 신타로가 목숨을 잃을 일도 없었을 것이다.

예전에 목숨을 잃었을 때 느꼈던 끝없는 절망감을 지금도 선명하게 기억하고 있다. 나는 친구에게 그것과 똑같은 기분을 맛보게 한 것이다.

그 『눈을 맑게 하는』 능력이 터무니없이 나쁜 녀석이라는 것은, 코노하의 눈을 통해 바깥을 보고 있던 나도 당연히 알고 있었다. 그렇다고 해도 「내 탓이 아니다」라고는 도저히 생각할 수 없었다.

"……아아, 그럼 이런 뜻인가요?"

신타로는 그렇게 말하더니, 주먹으로 손바닥을 탁 치며 말했다.

"제가 처음부터 선배의 친구가 되지 않았더라면, 선배는 그런 소원을 바라지 않고 끝났을 거라는 말인가요?"

"무슨……! 그, 그럴 리 없잖아! 신타로의 탓이라니, 절대 그렇지 않아!"

나는 몸을 내밀며 항의했지만, 맞은편의 신타로는 짓궂고도 뻔뻔한 웃음을 씨익 지었다.

그것이 진심이 아니라는 것을 깨달은 나는, 몸에서 힘을 쭉 빼며 시트를 쥐고 있던 손을 풀었다.

"『만나고 싶다』고 생각해주다니, 그렇게 기쁜 일이 어디 있겠어요. 그러니까 절대 선배 탓이 아니에요."

그렇게 말한 신타로는 조금 전에 짓궂게 짓던 웃음과 달리, 만면에 쾌활한 미소를 지었다.

……아아, 또다.

나는 코노하의 눈을 통해 계속 바깥 세계를 들여다봤다.

선생님이 「너, 내 제자랑 닮았어」라고 말해주었을 때도, 히비야와 히요리가 『아지랑이 데이즈』에 삼켜졌을 때도, 바보처럼 아무것도 하지 못하고 아무 말도 하지 못했다.

코노하가 누군가와 만날 때마다 코노하가 싫어졌다. 무력하고 겁쟁이에 아무것도 모르는 모습이, 정말 나랑 똑 닮아서…… 엄청 싫었다.

그런데도 신타로는 그런 녀석을 「친구」라고 불러주었다. 마지막의 마지막까지 어중간한 『나(코노하)』를 걱정하며, 불면 사라져 버릴 듯한 마음을 지켜주려고 했다.

내 병에 대해 털어놓았던 그 여름날부터, 신타로의 다정함은 계속 변하지 않았다. 나는 항상 이 사람에게 도움을 받았다.

"……어, 으앗! 선배! 울지 마요! 전 누가 울면 어떻게 해야 좋을지 모르겠다고요!"

"어? 아, 미, 미안……!"

신타로의 말에 내가 울고 있다는 것을 깨닫고 허둥지둥 눈가를 훔쳤다. 손등을 바라보니 흠뻑 젖어 있었다. 이래서야 완전 오열한 것과 마찬가지다.

"으아아, 콧물이! 잠깐, 닦을 거, 닦을 거! 아, 있을 리가 없나……."

"흐윽……."

한심하기도 하고 부끄럽기도 하고, 나한테 선배의 위엄 같은 건 전혀 없구나. 정말 자신에게 어이없어 하면서 눈물과 씨름했지만, 나는 양손에서 눈물이 뚝뚝 떨어질 정도로 울고 나서야 겨우 평정을 되찾았다.

신타로는 휴우 하고 가슴을 쓸어내리더니, 머리 뒤로 팔짱을 끼며 「그나저나 어떻게 된 걸까요」 하고 말을 꺼냈다.

"죽었으니까 당연하다면 당연하지만, 여기에서는 그 녀석들에게 별 도움을 못 줄 것 같은데……."

신타로의 눈이 순백으로 펼쳐진 주변 일대를 탐색하듯이 둘러보았다.

걱정하는 것도 당연하다. 코노하를 받아들여준 『메카쿠시단』의 멤버들은 지금 분명 지독한 일을 당하고 있겠지. 그것이 코노하 때문에 일어난 일이라고 생각하면…… 안타까웠다.

"……정말, 너무 답답해. 코노하가 『눈을 맑게 하는』 능력에게 몸을 빼앗긴 뒤로는 저쪽의 상황도 전혀 보이지 않으니까."

"뭐, 보인다고 해도 어떻게 할 수 없으니까요. 이쪽에서 저쪽으로 나갈 수단도 없죠?"

"그러네……. 적어도 내가 알고 있는 한은 없어."

『아지랑이 데이즈』는 죽을 지경에 이른 인간을 삼킨다. 그리고 다시 밖으로 나갈 수 있는 것은 새로운 목숨…… 『능력』이 깃든 인간뿐인 모양이다.

그리고 아자미가 가지고 있던 『열 가지 능력』은 이미 각각 적임자를 찾아냈다. 요컨대 현재로써는 여기에서 탈출할 방법을 찾을 수가 없었다. 뭐, 이건 전부 『그 아이』에게서 들은 이야기를 그대로 전달하는 것이나 마찬가지지만 말이다.

뭐, 만약 간단히 나갈 수 있는 방법이 존재한다고 해도, 그다지 좋은 이미지는 떠오르지 않았다.

여기에 삼켜진 인간들은 모두『죽기 직전이었던』사람들뿐이다.

생과 사의 구분이 확실하지 않은 이 세계에서는 이렇게 대화도 할 수 있지만,『능력』을 몸에 깃들게 하는 것 이외의 방법으로 저쪽 세계로 돌아간다면 분명 빈사 상태일 것이다. 만약 신타로가 적합한『능력』을 찾지도 못한 채 밖으로 나간다면…… 으으……. 그다지 생각하고 싶지 않았다.

"뭐, 죽은 사람이 관여할 수 있을 정도로 생각처럼 풀리지는 않겠죠. 죽은 사람에게도 입은 있는 모양이지만요."

신타로는 자조하듯이 입매를 일그러뜨렸다. 좋지 않다. 내 표정이 굳어졌다.

겉보기에는 신타로에게 눈에 띄는 외상은 없었다. 나도 그렇지만『아지랑이 데이즈』안에 있는 인간은 현실의 모습이 어떻든『본인의 의식』이 강하게 반영되는 모양이다.

그리고 의식이 영향을 끼치는 것은 아무래도 자신의 모습뿐만이 아닌 것 같았다. 예를 들어 우리가 있는 이 순백의 공간은 내 의식을 반영한 것이라고 한다.

그리고 보니 이쪽 세계에서 처음으로『그 아이』를 만났을 때, 나한테 맨 먼저 알려준 내용도 그것이었다.

그녀가 나타난 순간 순백이었던 내 공간이 단숨에 다른 색으로 물드는 광경에, 나는 멍하니 시선을 빼앗겼었다.

……그래.

내가 갑자기 그 사실을 떠올린 이유는, 우리를 순백색으로 둘러싸고 있던 주변이 갑자기 모습을 바꾸었기 때문이다.

밤하늘의 짙은 남색에 주황빛 석양을 녹인 듯한 매직아워[#5]. 주위를 물들이고 있던 순백색이 순식간에 환상적인 하늘의 색채로 바뀌었다.

"……어어?!"

신타로는 갑작스럽게 감쪽같이 변한 주변 풍경에 놀랐는지, 침대에서 굴러 떨어질 뻔했다.

뜻밖의 『방문』에 나도 무심코 벌어진 입을 다물지 못했다.

정말이지 그녀의 등장은 항상 느닷없다.

그렇게 어디에선가 로퍼 소리가 울리기 시작했다.

소리가 들리는 곳을 바라보니, 익숙한 교실의 나무 바닥 위에서 걸음을 멈춘 그녀의 모습이 보였다.

"음…… 오랜만……이지?"

#5 매직아워 주변 사물들이 황금빛으로 물드는 일몰 무렵.

애교 있는 미소를 수줍은 듯 감추면서, 아야노가 석양빛으로 물든 학교 교실의 중앙에 홀연히 나타났다.

그녀의 트레이드마크인 붉은 머플러가 열려 있는 창문을 통해 불어오는 바람에 가로로 길게 흩날렸다.

그리고 나는 친우의 마음속에 찾아왔을, 이루 말할 수 없는 충격을 예상했다.

그들을 갈라놓은 불과 2년 동안의『영원』이, 지금 확실하게 끝난 것이다.

"……그렇지도 않아. 그리 오래되지 않았으니까."

씩씩하게 말한 신타로의 눈에서 흘러내린 눈물의 의미를, 나는 알지 못했다.

그럼에도 걸핏하면 우는 내 눈에도 똑같이 눈물이 맺혔다.

……아아, 두 사람은 이 순간을 얼마나 손꼽아 기다렸을까. 분명 서로 몇 번이나 꿈꿔온 순간이겠지.

분명 쌓인 이야기도 많을 텐데, 내가 여기에 있다니 미안하네. 그렇다고 몰래 사라질 수도 없으니, 아아, 어쩜 이렇게 안타까운지……!

"……그래서 말이야. 앞으로의 일 말인데, 잠시 내 이야기를 들어줄 수 있을까?"

"그래. 우선 그 『눈을 맑게 하는』 능력이라는 녀석 말인데……."

응응. 그래, 우선 『눈을 맑게 하는』 능력 말이지. 계속 이야기를 나누고 싶었을 테니, 일단 『눈을 맑게 하는』 능력의…….

"……뭐?!"

내가 깜짝 놀라 외친 소리가 교실 안에 울려 퍼졌다.

교실에 비치된 의자에 앉으며 작전 회의를 시작하려던 두 사람은 「무슨 일이지?!」라고 말하듯 뒤돌아보았다.

"무, 무슨 일인가요? 하루카 선배, 어디 안 좋으세요?"

"그래요, 선배. 무리하지 않아도 되니까 누워 계세요."

『아지랑이 데이즈』 안에서는 몸이 좋지도 나쁘지도 않은데다, 누워 있으라고 해도 어느샌가 침대도 사라졌으니 태클을 걸 부분이 너무 많았다.

나는 「그게 아니라!」 하고 양손을 붕붕 휘두르며 씩씩하게 태클을 날렸다. 생전과는 엄청 달랐다. 원래라면 내가 블랙 조크를 날릴 타이밍인데 말이지.

"아니, 둘은 오랜만에 만났잖아? 음, 뭐라고 할까, 그……

그렇잖아? 쌓인 이야기도 많지 않을까 싶어서…….”

신타로는 「그게 뭡니까」라고 말하고 싶은 듯, 미간을 찌푸렸다.

반면에 아야노는 「흠……」 하고 생각에 잠긴 듯 손에 턱을 괴더니, 잠시 뒤에 신타로의 눈동자를 들여다보며 말했다.

“……이야기는 다 끝난 다음에 할까?”

신타로도 내 태도가 잘 이해되지 않는다는 듯 아야노의 눈동자를 마주보았다.

“뭐, 끝난 다음에 해야 하지 않겠어?”

어쩐지 아무래도 좋다는 듯한 두 사람의 대화였다. 뭐, 알콩달콩한 이야기를 나누라고 하지는 않겠지만…… 너무 무미건조해서 선배는 좀 쓸쓸하구나.

……하지만.

그런 말을 할 수 있는 상황이 아니라는 것은 나도 잘 알고 있다.

알고 있기에 「하다못해」라고 생각한 잠깐의 환담도 필요 없다면, 마주해야 하는 것은 『현실』이다.

시간이 많다고는 할 수 없지만, 분명 없는 것도 아니다.

여하튼 이곳은 『아지랑이 데이즈』 안이다. 『나』와 『코노하』

의 두 가지 시점을 지닌 나이기에 알 수 있는 사실이지만, 저쪽과 이쪽은 시간의 흐름이 전혀 달랐다.

신타로와 이런저런 이야기를 나눴고 아야노도 나타나면서 꽤 느긋하게 시간을 보냈지만, 『이쪽의 시간』은 절망적일 정도로 너그럽다.

저쪽의 시계를 보지 못하고 있으니 조금 자신 없지만 말이지.

아마 저쪽 시간으로 보면, 신타로가 이쪽에 온 지 아직 1초도 지나지 않았을 것이다.

서머타임 레코드 -side No.2- (2)

밤이 깊어지자 물소리가 몹시 크게 울려 퍼졌다. 나는 설거지를 얼추 끝내고 생선 카레가 들어있는 냄비의 열이 식은 것을 확실히 확인한 뒤, 냉장고에 넣었다.

며칠 동안은 괜찮겠지만, 여름철이니 이렇게 두는 것은 별로 좋지 않으려나? 마리 마음에 꽤 든 모양이니, 소분해서 냉동해두는 편이 좋을지도 모른다.

아아, 그래, 내일 먹을 메뉴도 생각해놔야지. 예상하지 못한 사태로 가자미는 잔뜩 남았지만, 해지기 전에 장을 보러 가지 않으면 저녁 식사의 반찬이 한쪽으로 치우치게 된다. 그러고 보니 욕실 청소용 스펀지도 꽤 닳았으니까 가는 김에 함께 구입하자.

정말이지, 집안일 하나만 해도 할 일이 끝이 없다. 하지만 지갑 사정이 걱정되기 시작했으니, 이제 슬슬 아르바이트를 해야겠지. 신세지고 있는 꽃집 일도 좋지만 아무래도 낮 근

무라 시급이 적으니, 역시 야간에 하는 일을 찾는 쪽이 좋을까.

이래저래 익숙하지 않은 고민을 하던 나는, 문득 내가 이제 막 씻은 그릇을 다시 씻으려 하고 있다는 것을 깨달았다.

위험해, 위험해. 적당히 하지 않으면 머지않아 마리에게 스펀지를 먹게 할지도 모른다. 나는 싱크대에 달린 스테인리스 홀더에 스펀지를 올려놓으면서, 잠시 숨을 돌리기 위해 거실로 향했다.

어쩐지 내 방으로 돌아갈 기분도 들지 않아서 소파에라도 앉아 있을까 싶어 다가가니, 파자마를 입은 마리가 눈을 비비며 비틀비틀 나타났다.

한 시간 정도 전에 「이제 잘래」 하고 방으로 들어갔었는데 무슨 일일까. 무서운 꿈이라도 꾼 걸까.

내가 물어보려고 입을 여는 것보다, 졸려 보이는 마리가 입을 여는 것이 더 빨랐다.

"……내가 뭐 도와줄 거 없어?"

"네?"

마리가 그렇게 말하는 것은 드문 일이었다. 마리는 먼저 나서서 집안일을 하는 타입도 아니었고, 가끔 도와준다고 해도 차를 내오는 정도였다.

분명 기쁜 일이기는 했지만, 공교롭게도 도움을 받을 만한 집안일은 남아 있지 않았다. 나는 솔직하게 웃으며 대답했다.

"아아, 마침 다 끝난 참이라 괜찮습다. 다음에 무슨 일이 있으면 도와주십쇼."

"……응, 알았어. 그럼 난 자러 갈게."

마리는 그렇게 말한 뒤, 비틀거리며 자신의 방으로 돌아갔다. 졸린 상태라고 해도 몹시 위태로운 걸음걸이에, 문득 짧아진 마리의 머리카락이 신경 쓰였다.

마리는 그다지 신경 쓰지 않았지만, 예전에는 허리까지 오던 하얀 머리카락이 지금은 어깨에도 닿지 않을 정도로 짧았다.

남자가 이발을 해도 「가벼워졌다」고 말할 정도이니, 몸이 가벼운 마리에게 머리가 짧아진 것은 몸에 영향을 끼칠 정도의 변화가 아닐까.

나는 뭔가 말을 걸기 위해 다시 입을 열었지만, 망설이는 사이에 마리의 모습은 문 너머로 사라져버렸다.

문이 닫히는 소리의 짧은 여음도 사라지자, 다시 정적이 찾아왔다.

홀로 거실에 남은 나는 머리를 식히기 위해 눈을 감았지만, 내 머리는 자연히 마리를 떠올리기 시작했다.

솔직히 저녁에 있었던 일도 의외였다. 마리가 혼자서 물건을 사러 가겠다고 말을 꺼낸 것은 처음이지 않았을까. 이제껏 밖으로 나가기만 해도 벌벌 떨었으니, 분명 심경에 변화가 있었겠지.

"변화라……."

주변의 정적과는 반대로 내 마음은 술렁거렸다.

나는 잠이 와서 머리가 돌아가지 않을 때까지, 불안감에 사로잡히지 않도록 무심히 초침 소리를 셌다.

*

알람 대신에 마리의 목소리가 날아온 것은, 해가 중천에 걸렸을 때였다.

"이러면 안 되지! 아무 일도 없다고 이런 시간까지 자면!"

마치 아이를 타이르는 듯한 말투에 무심코 쓴웃음을 지었지만, 나 역시 확실히 너무 잤다는 자각이 있었기에 바로 벌떡 일어났다.

그리고 곧 아무런 대책 없이 벌떡 일어난 것을 후회했다.

별달리 잘 준비도 하지 않은 채 이불 위에 쓰러졌던 나는,

현재 편한 모습이라고 하기에도 뭣한 모습이었던 것이다.

허둥지둥 마리의 시선을 신경 썼지만, 마리는 아무렇지도 않은 듯 고개를 갸웃했다.

부주의했다. 시트가 엉망으로 흐트러져 있었다면 아차 싶었을지도 모른다. 철렁했던 가슴을 조용히 쓸어내리며, 나는 기장이 긴 파자마 바지를 구입하기로 굳게 결심했다.

마리를 살며시 내보낸 뒤, 재빠르게 옷을 갈아입고 거실로 나갔다.

결국 어젯밤은 좀처럼 잠들지 못하다가, 아침해가 뜰 무렵에야 「그렇지」 하고 아침 준비를 했다.

데우기만 해도 먹을 수 있게 준비해뒀는데, 아무래도 잘 챙겨먹은 모양이다. 그 증거로 바닥에는 텅 빈 낫토 용기가 굴러다니고 있었다.

빈 용기를 주워서 부엌에 있는 쓰레기통으로 가지고 가다가, 거실로 나가려던 마리와 마주쳤다.

마리가 든 쟁반에는 찻잔 두 개가 놓여 있었다. 홍차 향기가 자연히 나를 미소 짓게 만들었다.

"좋은 아침, 세토. 아침이라고 하기엔 늦은 시간이지만."

마리는 그렇게 말하며 웃었다.

내심 움찔하면서 나도 「좋은 아침」 하고 대답했다. 그렇게 오늘도 그럭저럭 하루가 시작되었다.

"맞아. 오늘 대회가 있대. 어제 카레 사러 갔을 때 들었어."

"대회?"

둘이 나란히 소파에 앉아 내가 홍차를 후후 불며 식히고 있을 때, 마리가 문득 그런 말을 꺼냈다.

대회, 대회……. 평범하게 생각하면 『대회(大會)』가 떠오르지만, 가자미와 카레를 헷갈렸을 정도니 『대해(大海)[#6]』일 가능성도 있었다.

하지만 시기도 시기이니, 대회라고 하면 그것이겠지.

"아아, 불꽃놀이 대회를 말하는 겁까?"

"맞아! 그거! 대장이 가면 좋을 거라고 그랬거든."

"그, 그렇습까……."

슈퍼마켓으로 물건을 사러 갔을 텐데, 왜 대장이라는 사람에게 가자미를 구입했는지 의문이었지만, 마리가 무엇을 말하고 싶은지는 대략 알 수 있었다.

나는 마침 시곗바늘이 열한 시를 지나가는 것을 보고 제안했다.

"그럼 함께 가겠습까? 지금 나가기엔 조금 이르지만, 해

#6 대해(大海) 일본어의 「대회」와 「대해」는 「타이카이」로 발음이 같다.

질 무렵에 나가면 노점도 돌아볼 수 있을 테니……."

내가 그렇게 생각하면서 말을 꺼내자, 마리는 표정을 확 밝히며 어깨가 부딪칠 듯한 기세로 다가왔다.

나는 놀라서 멈칫했지만, 손에 들고 있던 찻잔을 생각해 고개만 뒤로 젖혔다.

"노점?! 그게 뭐야? 돌아가는 거야? 재미있어?!"

"아니, 그런 놀이기구 같은 건 아닙니다! 뭐라고 할까요…… 거기에서만 먹을 수 있는 걸 팔거나, 이상한 게임을 할 수 있는 가게가 있고, 가면을 쓴 무서운 아저씨가 운영하는 텐트 같은……."

그 수상한 텐트는 뭐냐. 설명하면서 나도 노점에 대한 정의를 내릴 수가 없어서, 지리멸렬한 말을 하고 말았다.

하지만 나의 서투른 설명에 호기심이 생겼는지, 마리는 「그건 꼭 가봐야겠네……」 하고 의욕이 넘쳤다.

그러고 보니 나도 이런 행사에 가는 건 태어나서 처음일지도 모른다.

예전에 아버지가 일하던 고등학교의 축제에 가자는 이야기를 들은 적은 있지만, 나는 사람이 많다는 것만으로 뒷걸음질 쳤었다.

그런데 내가 먼저 불꽃놀이를 보러 가자고 권하다니, 내가 생각해도 이상하다. 정말이지, 이 아이 앞에서는 나도 나를 알 수 없게 된다.

"……잠깐, 세토. 해 질 녘에 가면 늦지 않을까?"

"네? 아뇨, 불꽃놀이를 볼 거면 딱 좋은 시간이라고 생각합다만……."

"어두우면 보이지 않잖아? 전기가 있는 거야?"

나는 순간 무슨 소리인가 싶어 잠시 굳었지만, 바로 그 뜻을 깨닫고서 무심코 웃음을 터뜨렸다.

그것을 본 마리는 바보 취급을 당했다고 생각했는지 붉어진 뺨을 부풀렸다.

"하, 하지만 그렇잖아?! 꽃을 보는데 어두우면 제대로 볼 수가 없잖아!"

"아아, 미안, 미안합다. 마리, 그게 아니라 불꽃이라는 건 밤에 보는 검다. 밤하늘에 이렇게, 빛의 꽃이 확 피는 검다."

"하, 하늘에…… 빛의 꽃이……?"

머릿속에 들어있는 꽃의 이미지와 전혀 연결되지 않았던 모양이다. 마리는 속지 않겠다는 듯이 의아한 표정을 지었다.

"저, 정말임다. 어두워야 더 잘 보이니까 불꽃놀이는 밤에 보는 검다. 뭐, 바로 사라져버리지만, 그래서 다들 놓치지 않기 위해 모여든다고 할까……."

마리는 내 설명에 납득이 갔는지, 표정을 원래대로 돌린 다음 「흠흠」 하고 작게 고개를 끄덕였다.

확실히 생각해보면 이상할지도 모른다.

평소에는 달과 별만 뜨는 밤하늘에 꽃이 피다니, 몰랐더라면 나도 의심했겠지.

마리가 이렇게 순진하게 물어오니, 내가 세상의 도리나 상식에만 의지해 살아왔다는 것을 통감하게 되었다.

적어도 이 아이를 만나기 전까지, 나는 그렇게 살아왔다.

그리고 아마 앞으로도 이 아이처럼 살 수는 없겠지.

"……그럼, 꽃이 지기 전에 제대로 봐둬야겠네."

그렇게 말하며 웃는 마리를 향해, 나는 힘껏 미소를 지으며 대답했다.

"그러네요. 잊지 않도록 확실하게 봐둬야겠음다."

*

"비행기 구름이다."

마리의 말에 이끌려 올려다보니 파란색과 주황색이 뒤섞인 입체적인 하늘에, 한 줄기의 흰 선이 반짝이고 있었다.

"왠지…… 운치가 느껴짐다."

"운치? 그게 뭐야?"

"네? 음…… 그렇게 물어보니 뭐라고 하면 좋을지 모르겠습니다."

피부에 달라붙는 습기와 귀를 때리는 매미 소리는 여태 사그라질 줄을 몰랐다.

여름휴가가 끝나려고 하는 세상과는 정반대로, 세계는 오늘도 여름의 한복판에 있었다.

여기저기에 시선을 빼앗기는 마리를 달래면서, 우리는 강의 하류를 따라 포장된 제방 위를 느긋하게 걸어갔다.

마찬가지로 제방을 걸어가는 사람들 중, 간간이 보이는 유카타를 입은 사람들이 길잡이가 되었다.

불꽃놀이 대회장은 아지트에서 그리 멀지 않았고, 걱정했던 더위도 이 시간이 되니 많이 수그러들었다.

하늘에 구름이 많이 낀 것도 아니라, 주변 사람들이 「불꽃놀이를 보기에 딱 좋은 날씨」라고 하는 말에도 확실히 동감하며 고개를 끄덕였다.

"아, 저기서 뭘 하고 있어!"

마리는 다시 뭔가에 흥미를 보이며 앞을 가리켰다.

앞에 있는 다리에 가려져서 다 보이지는 않았지만, 굽어 있는 강에 맞춰 커다랗게 호를 그린 제방 기슭에는 천막 여러 개가 늘어서 있었다.

아직 조명을 켤 기색은 없었지만, 가게 앞에 제등 같은 것을 거는 핫피[#7]차림의 남성을 보니, 싫든 좋든 운치가 느껴졌다. 불꽃놀이 『대회』라는 단어가 붙어 있지만, 그 양상은 전형적인 『축제』 풍경이었다.

들떠 있는 회장의 분위기가 소리와 냄새로 「이리 와, 이리 와」 하며 그리로 향하는 사람들의 마음을 설레게 했다.

「이건 직방이겠구나」 하고 옆에 있는 마리를 보니, 아니나 다를까 마리의 눈은 회장에 고정돼 있었다. 하지만 달려 나가지 않도록 빨라지려는 발걸음을 억누르며 걷는 모습이 어딘지 사랑스러웠다.

한 발, 또 한 발 나아갈 때마다 사람이 한둘씩 늘어나, 마침내 대규모 행렬이 되었다. 그 일부가 된 우리는 드디어 회장 위쪽에 다다르게 되었다.

발걸음이 불안한 마리의 손을 잡으면서 돌계단을 내려가자, 그곳에는 「여름 축제란 이런 것이다」라고 할 만한 광경이 펼쳐져 있었다.

강을 따라 늘어선 노점의 차양이 갖가지 색상으로 끝없이 이어지고 있었다.

야키소바 노점에서 풍겨 나오는 소스 냄새가 후각을 자극하고, 초코바나나와 사과 사탕 등 보기 좋은 노점 과자가

#7 핫피 주로 축제 참가자들이나 장인들이 착용하는 일본 전통 의상.

강렬한 색상으로 시선을 끌었다.

파란색 현수막을 내건 빙수 노점 옆에는 현수막과 색을 맞춘 듯한 물풍선 낚시용 비닐 풀이 청량감이 느껴지는 물소리를 연주하고 있었다.

오감을 어지럽히는 여름의 제전. 텔레비전에서는 본 적이 있었지만, 설마 이렇게나 매혹적일 줄은 몰랐다.

당황한 것처럼 머리가 어질어질했을 때, 순간 옆에서 눈을 반짝반짝 빛내는 하얀 머리가 튀어나갔다.

아차, 역시 참을 수 없었던 건가!

허둥지둥 손을 뻗어 간신히 목덜미를 붙잡자, 마리는 「우왓!」 하고 짧은 비명을 질렀다.

"아아! 안 됨다, 혼자 가면! 미아가 되면 어쩔 검까!"

"이 정도는 괜찮잖아! 세토 짠돌이! 얼른 돈 줘!"

그렇게 말하자마자 욕망의 노예로 변한 마리의 손이, 내 주머니에 숨겨 놓은 지갑을 노리며 달려들었다.

아아, 타락했구나, 마리!

나는 간발의 차이로 마리의 손을 피한 뒤, 마리와 슬금슬금 거리를 벌렸다.

"후후…… 자, 얼른 돈을……. 솜사탕…… 거북이 건지기……."

"큭……!"

이게 무슨 일인가……. 축제가 사람을 이렇게까지 미치게

만들다니……!

시간이 넉넉하기에 여기까지 오면서 축제에는 어떤 가게들이 나오는지 이야기했던 것이 이렇게 돌아올 줄이야…….

후헤헤, 하고 웃으며 지갑을 노리는 마리의 두 눈동자를 보고, 나는 이미 윤리관을 피력할 틈이 없다는 것을 깨달았다.

하지만 순순히 지갑을 넘겨줄 수도 없다. 뜻밖의 고급 생선 때문에 큰 타격을 받은 우리 집 가계는 이제 바람 앞의 등불인 것이다.

물론 구경만 하자는 말을 할 생각은 없지만, 저 아이에게 지갑을 넘기면 어떻게 될지…….

상상할 수 없는 일이 일어나리라는 것은 충분히 예상할 수 있었다.

"그, 그럼! 이렇게 하죠!"

손바닥을 휙 내밀자, 마리는 움직임을 우뚝 멈췄다. 다행이다. 아직 남의 말을 들을 여지는 있는 모양이다.

"저, 저랑 노점에 있는 게임으로 승부하는 검다. 만약 마리가 이기면…… 지, 지갑을 넘기겠음다. 그 대신 마리가 지면, 오늘은 제 말대로 하는 검다."

"단판 승부?"

묘하게 계산적인 마리의 대답에, 나는 어깨를 움찔 떨었다. 눈꼬리를 추켜올린 망설임 없는 눈동자……. 저것은 이기려는 자의 눈이다!

"사, 삼세판으로."

그리고 내 대답은 나약했다. 한심하기 짝이 없다.

"……응, 알았어. 약속한 거야."

마리는 살기를 훅 거두더니, 평소와 같은 태도로 내 옆으로 돌아왔다.

왜, 왠지 이 아이……. 아니, 생각하지 마, 코스케. 평소와 마찬가지로 사랑스러운 마리잖아. 다른 꿍꿍이가 있다니, 그, 그럴 리 없어.

"그럼 처음에는 무슨 게임을 할 거야? 반칙하기 없기야."

노점 게임에 반칙이고 뭐고 없다고 생각하지만, 갑자기 정한 일이기에 딱히 뭘 할지 생각해놓은 것은 없었다.

일단 주위를 둘러보았다.

금붕어 건지기……. 이건 싫다. 생물을 게임 감각으로 다루는 건 좀 꺼려졌다.

노점에서 하는 제비뽑기도 있지만, 이건 단가가 좀 높다. 게다가 승패를 가르기 어려울 것 같고…….

"……아, 저건 어떻습까, 마리."

나는 노점 행렬을 조금 나아간 곳에 있는 황록색 천막을 가리켰다.

마리는 확인하기 위해 까치발을 한 채 폴짝폴짝 뛰었다.

아무래도 마리의 키로는 인파에 가려서 앞이 보이지 않는 모양이었다.

뭐, 마리의 마음에 들지 않는다고 해도, 가봐서 손해 볼 것은 없겠지.

나는 마리의 손을 끌고서 인파를 피해 목적지인 노점을 향해 갔다.

"……너구리(たぬき, 타누키)?"

마리가 의아한 표정으로 붓글씨로 적힌 히라가나를 소리 내어 읽었다.

"**카**타누키[#8]임다."

도착한 노점의 차양 아래에는 책상 대신에 거칠거칠한 베니어판이 놓여 있었고, 소년들 몇몇이 진지한 표정으로 그 앞에 등을 구부리고 앉아 있었다.

각자 들고 있는 납작한 연분홍색 과자에는 선박이나 팽이를 본뜬 그림이 희미하게 새겨져 있었다.

소년들은 다들 하나같이 바늘이나 칫솔을 사용해서 어떻게든 그 그림을 잘라내기 위해 분투하고 있었다.

"오, 어서옵쇼. 아가씨, 오빠랑 같이 왔니?"

머리에 흰색 수건을 두른, 가게 주인으로 보이는 풍채 좋은 남성이 마리를 향해 굵직한 목소리로 말했다.

#8 카타누키 판에 붙어 있는 과자나 엿 조각 따위를 떼어내는 놀이. 우리말로 『뽑기』.

오빠라……. 뭐, 부정은 하지 않겠지만, 역시 그렇게 보이나. 음음.

"응. 대장, 오늘도 목소리가 크네."

"대장?!"

이 사람이 마리에게 가자미를 추천한 장본인인가!

나와 눈이 마주친 대장은 「맛있었지?」라고 말하고 싶은 것처럼, 까무잡잡한 피부와 어울리지 않게 하얗게 빛나는 이를 드러내며 웃었다. 네, 맛있었습니다. 향신료 절임이 되어버렸습니다만.

"아가씨라면 나도 서비스해 줘야겠구만. 어디, 마음에 드는 걸 꺼내줄 테니 여기서 골라보렴."

주변에 있던 소년들에게 가벼운 야유를 들으면서, 반쯤은 억지로 천막 안으로 끌려간 우리는 대장이 내민 그림표로 시선을 내렸다.

열 개가 조금 넘는 그림들은 한눈에 봐도 알 수 있는 것에서부터 조금 고개를 갸웃하게 되는 것까지, 그려진 방식이 가지각색이었다.

그림의 이름은 적혀 있지 않았지만, 중요한 것은 이름이 아니라 그림 아래에 붙어 있는 숫자 쪽이겠지.

『팽이』로 보이는, 야구의 홈베이스 모양에 위아래로 막대기가 붙은 그림은 아래에 100엔이라고 적혀 있었다.

그 옆에 있는 『물뿌리개』 같은 그림에는 300엔, 그 위의

『표주박』 형태의 그림에는 500엔이라고 가격이 기재되어 있었다.

해본 적은 없었지만, 『뽑기』의 대략적인 규칙은 아버지에게 들은 적이 있었다.

이 작은 과자 판에 새겨진 그림을 조심조심 떼어내어 그것을 부러뜨리지 않고 가게 주인에게 제출하면 그림에 상응하는 상금을 받을 수 있다.

아마 이 금액은 난이도와 비례하는 것이겠지. 상금이 높을수록 어렵고 낮을수록 쉽다면, 마리와 하는 승부의 규칙은 거기에 준거해서 생각해야 할 것이다.

요컨대 『누가 더 많은 상금을 얻는가』. ……응, 이건 재미있지 않을까.

"좋습다~. 마리, 그럼 첫 승부는 누가 더 높은 상금을 받는가……. 앗, 어라……."

내가 의기양양하게 돌아보았을 때, 마리는 이미 자리에 앉아 한 손에 바늘을 들고 『튤립』 모양의 과자 판을 긁작긁작 긁고 있었다.

"세토, 좀 조용히 해."

나를 보지도 않은 채 차가운 말을 내뱉는 마리의 표정은, 정말 진지 그 자체였다.

"……자, 오빠는 어느 걸로 할래?"

"아! 아아, 음, 그럼 이걸로 부탁드립다."

나는 『선박』을 가리키고 두 사람 몫의 대금을 치른 뒤, 의자 대신 사용되고 있는 플라스틱 술병 박스에 앉았다.

천막에 매달려 있는 알전구가 비추는 천막 내부는 밖에서 본 느낌보다 훨씬 밝았다. 가게 안에 들어와서야 깨달았지만, 밖은 점점 해가 지고 있었다.

"자, 여기 있다. 언뜻 들었는데 너희 승부 중이라며? 난 젊음의 혈기가 느껴져서 그런 거 좋아하거든! 이 아저씨가 반칙하지 않도록 지켜봐주마."

"아하하, 모쪼록 살살 부탁드립다."

나는 하얀 이를 번쩍 빛내는 대장의 얼굴에서 시선을 돌리며 옆에 앉은 마리의 손을 들여다보았다.

『튤립』은 참으로 그녀다운 선택이었지만, 난이도는 아마 꽤 높을 것이다.

『튤립』에 붙어 있던 가격은 600엔이었다. 조금 전에 소년이 고전하던 『팽이』의 대략 여섯 배이니, 공략하기 위해서는 상당한 기술이 필요하겠지.

그에 비해 내가 선택한 것은 200엔짜리인 『선박』이었다.

상금은 내가 더 적지만, 600엔짜리인 마리의 『튤립』도 완성하지 못하면 0엔……. 즉, 이쪽이 현실적이지 않을까 생각한 것이다.

소년들이 치사하다며 야유를 날렸다. 시, 시끄럽네, 알고 있다고. 돈이 없으니 어쩔 수 없잖아.

아무튼 그림대로 무사히 떼어내야만 이야기가 된다. 나는 가까이에 있던 바늘을 들고 기합을 넣은 뒤에 작업을 시작했다. 희미하게 새겨진 그림을 따라 긁작, 긁작 신중하게 바늘을 움직였다. 과연, 이거 꽤 중독되겠는걸?

옆에서 보면 잘 모르겠지만, 이 과자 판은 몹시 깨지기 쉬웠다. 조금이라도 잘못 힘을 주면 뚝 하고 간단히 부러지겠지.

너무 힘을 주면 쪼개지지만, 그렇다고 아예 힘을 주지 않으면 집중력이 떨어진다. 모종의 긴장감 속에서 내가 무심히 바늘을 움직이고 있을 때…….

주위에서 소리를 죽인 작은 환성이 들렸다.

무심코 옆을 보고 깜짝 놀랐다. 마리의 『튤립』은 쓸데없는 부분이 대부분 떨어져서, 어느샌가 앞으로 조금만 더 떼어내면 완성이었다.

신경을 곤두세우고 있는 마리의 옆얼굴은 마치 칼끝처럼 늠름했고, 쥐고 있는 튤립을 계속해서 날카롭게 바라보는 모습은 마치 목공 장인 같았다.

이, 이런, 완전 방심했다!

마리가 부업에 몰두하는 성격이라는 것은 알고 있었지만, 설마 이런 곳에서 그 재능을 발휘할 줄은 몰랐다.

한편, 내 『선박』은 「돛 주변의 선에 틈이 좀 벌어지기 시작했나~」 하는 단계로, 아직 대해를 향해 노를 저어 나갈 기색은 없었다.

아니, 애초에 마리의 『튤립』이 완성되면, 이런 『선박』은 완성돼봤자 아무런 의미도 없었다. 누구냐, 200엔짜리 낡은 선박 같은 걸 고른 사람이! —바로 나다.

아아, 이제 조금만 더 떼어내면 『튤립』이 완전히 분리된다……. 튤립…… 선박…… 튤립…….

뚜욱.

"아."

내 바보 같은 목소리만을 남긴 채, 천막은 쥐 죽은 듯 정적에 휩싸였다.

소년들의 시선이 집중된 나와 마리의 눈앞에는, 손이 삐끗해 무참하게 꺾인 『선박』의 돛과—.

……훌륭하게 꽃을 피운 마리의 『튤립』이 있었다.

와아!

마리와 소년들이 거의 동시에 환호성을 질렀다.

바라보니 대장도 하얀 이를 한껏 드러내며, 마리에게 칭찬의 박수를 짝짝 보내고 있었다.

긴장이 풀린 나는 완성하지 못한 범선을 한 번 내려다보며 냉소를 흘렸다.

훌륭하게도 나의 완패였다.

"이, 이거 봐! 세토! 내가 이긴 거 맞지?"

"우와! 조, 조심하십쇼! 얼른 대장에게 넘기는 겁다!"

한 손에 튤립을 들고 당장에라도 뛰어오를 것 같은 마리의 어깨를 누르며, 나는 튤립을 대장에게 보여줬다.

대장은 한 번 「음」 하고 고개를 크게 끄덕인 뒤, 수금용 플라스틱 케이스에서 100엔짜리 동전 여섯 개를 꺼내 트로피라도 건네듯이 과장된 동작으로 마리에게 건넸다.

"오랜만에 『멋진 실력』을 봤군. ……오빠는 뭔가 좀 치사했지만."

하하하. 쓸데없는 참견입니다.

이렇게 해서 첫 승부는 마리의 완승이라는 형태로 막을 내렸다.

그 뒤, 마리가 잠시 소년들에게 요령을 전수하는 것을 지켜보았다. 그런 다음 우리는 다음 가게를 찾기 위해 뽑기 노점을 뒤로했다.

나는 승리의 여운에 잠겨 발걸음이 가벼운 마리의 뒤를 쫓아가듯이 따라갔다.

"으으~ 즐거웠어! 저렇게 재미있는 가게가 있다니, 불꽃놀이 대회란 굉장하구나, 세토!"

마리가 나를 돌아보더니, 몸 앞에서 양손을 작게 주먹 쥐며 기분 좋은 목소리로 말했다.

“이야, 저도 저렇게 즐거울 줄은 몰랐습다. 그렇게 마음에 들었다면 좀 더 놀지 그랬음까?”

내가 아무렇지 않은 척 말하자, 마리는 그 수법에 넘어가지 않겠다는 듯 「아냐, 괜찮아. 약속했으니까」 하고 짧게 대답했다.

으으…….

뽑기는 가격도 저렴하고 시간을 보내기도 좋아서 「이거 괜찮은데!」라고 생각했지만, 역시 이 아이는 이런 부분에서 빈틈이 없었다.

뭐, 약속을 어길 생각은 없으니 새로운 마음으로 다음 가게를 찾아보자.

하지만 설마 첫 승부에서 질 줄은 꿈에도 생각하지 못했다. 마리의 기분이 상하지 않도록 적당히 봐줘야겠다고 안일하게 생각했던 과거의 내가 원망스럽다. 아아, 나는 왜 깊게 고민해보지도 않고 그런 약속을 한 걸까.

하지만 이렇게 된 이상, 다음 게임에서는 절대 지면 안 된다.

이 이상 가계에 타격을 받으면, 정말 내일부터 손가락만 빨며 살게 된다. 물론 마리도 마찬가지다.

마리를 위해서라도 다음 승부에서는 확실하게 이기고 싶은데…….

그런 생각을 하면서 마리의 손을 잡고 북적이는 회장을 느릿느릿 나아갔다. 이런 인파 속을 서성이는 것은 거의 처음 겪는 일이었지만, 키가 큰 덕분인지 딱히 곤란한 일은 없었다.

시야도 탁 트여서 대부분의 노점을 둘러볼 수 있었다. 뭔가 딱 이거다 싶은 가게가 어디 없을까…….

"……뭡니까, 저건."

나는 무심코 발을 멈췄다.

우리가 나아가는 방향에서 오른쪽으로 대각선 방향에, 돌연 이 장소와는 어울리지 않는 컨테이너 하우스가 보였다.

대부분의 노점은 색상과 모양은 달라도 비슷한 천막 형식이었는데, 그 행렬에 거대한 컨테이너가 아주 당연하다는 듯이 자리를 잡고 있으니 무척 이상했다.

자세히 보니 컨테이너의 벽면에는 밀리터리 패턴이 스프레이로 칠해져 있었고, 마치 어딘가의 전장에서 갑자기 소환된 전차 같은 모양새에는 운치고 뭐고 없었다.

"무, 무슨 가게임까, 저건……. 앗, 어라?! 마리?!"

내가 컨테이너 하우스에 시선을 빼앗기고 있던 그 짧은 순간에, 마리의 모습이 홀연히 사라졌다.

설마, 또 뭔가에 흥미를 느끼고 어딘가로 달려간 걸까. 위험해. 이런 인파 속에서 떨어지면, 핸드폰도 없는 그 아이를 찾을 방법이…….

심장이 두방망이질 치면서 전신에 식은땀이 흐르기 시작했다.

아직 그리 멀리 가지는 못했을 것이다. 아무튼 빨리 찾지 않으면…….

"……경례! 어라? 이게 아닌가? ……경례!"

찾았다.

마리는 예의 밀리터리 패턴의 컨테이너 하우스 앞에서, 밀리터리 옷을 입은 남성 두 사람과 즐거운 듯 이야기를 나누고 있었다.

마리는 방금 「경례」라고 말한 걸까. 하지만 마리의 포즈는 아무리 봐도 바보 같은 영주[#9]가 예의 필살 개그를 날릴 때 하는 포즈[#10]였다.

"아니, 좀 더 이렇게 말입니다. 좀 더 각도를 잡고……. 아아! 그겁니다! 경례!"

마리의 포즈를 열심히 고쳐주면서 절도 있게 경례를 붙이

#9 바보 같은 영주 「시마무라 켄의 바보 영주님」이라는 일본 콩트에 등장하는 캐릭터.
#10 예의 필살 개그를 날릴 때 하는 포즈 한쪽 손바닥과 팔을 수평으로 곧게 펴고 목 아래에 대는 포즈.

는 두 남성은, 아마 저 컨테이너 하우스의 주인이겠지. 나쁜 사람들은 아닌 것 같지만, 복장과 분위기가 역시 이 장소와는 전혀 어울리지 않았다.

"저, 저기……. 죄송함다. 저희 애가 왠지 귀찮게 군 것 같은데……."

일부러 그런 것은 아니지만, 왠지 보호자처럼 등장하게 되었다. 나를 본 마리가 「아, 세토. 여기야, 여기!」 하고 태평하게 손짓했다.

"아아! 여기 이 아가씨의 오라버니 되십니까! 일행 분과 떨어진 것 같아 걱정하고 있었습니다!"

전혀 걱정하는 것처럼 보이지는 않았지만……. 눈에 보이지 않는 그들 나름의 배려가 있었을 거라고 믿어야 하나.

"그렇슴다. 삼시 눈을 뗀 사이에 사라졌지 뭡니까. 이야~ 하하……. 자, 마리, 갑시다."

나는 바로 발길을 휙 돌렸다. 응, 이런 사람들과는 깊게 얽히지 않는 편이 좋겠지. 얼른 마리를 데리고 가자. 그렇게 하자.

나는 그렇게 생각하며 마리의 손을 잡았지만, 발을 내딛으려는 순간 불가사의한 힘이 나를 잡아당겼다. 뒤돌아보니 마리가 「흠흠」 하고 밀리터리 패턴의 컨테이너를 가리키며 나에게 뭔가를 전하려고 했다.

마리가 가리키는 곳을 바라보니, 컨테이너 문 위에는 철판을 레릭 가공[#11]한 듯한 삼엄한 간판이 붙어 있었다.

그 간판에 적혀 있는 것이 가게의 이름일까. 검정색 간판에 붉은 글씨로 적혀 있어서 읽기 어려웠지만, 해가 완전히 지지 않은 덕분에 간신히 알아볼 수 있었다.

『헤드폰 액터 —무희의 귀환—』

……?

"『헤드폰 액터』라는 가게래. 세토, 다음 승부는 여기에서 하자."

"네에에에에에에에에에에에? 부우우우운명히 수상한 가게임다! 무엇보다 어떤 가게인지도 모르잖슴까! 아니, 분명 무서운 가게일 검다. 마리, 무서운 거 싫어하잖슴까. 그쵸! 맞죠!"

"오늘은 괜찮아. 할 수 있어."

"두 분 입장하십니다! 경례!"

"경례!"

"아아아아아아아아아아아아아아아아아아아아아아!"

#11 레릭 가공 인위적으로 스크래치를 내거나 칠을 벗겨서 낡아보이게 만드는 가공.

*

"……이런 간단한 슈팅 게임입니다. 조작 방법을 모르시겠다면 다시 설명해드리겠습니다."

"아, 네."

의외로 정상적인 가게였다.

천천히 안내받은 컨테이너 하우스 안은 간이 냉방 장치가 설치되어 있는 모양으로, 겉보기와 달리 손님을 배려하는 몹시 멋진 공간이었다.

사방이 꽉 막힌 실내는 따뜻한 색상의 LED 조명으로 비춰져서, 이른바 프라이빗 룸 같은 분위기였다.

외관이 그 모양이었기에 내부는 얼마나 정신 나간 세계가 펼쳐져 있을까 두려웠지만, 아무래도 기우였던 모양이다. 괜히 설레발을 쳐서 창피를 당하고 말았다.

"……세토, 겁쟁이."

조금 전에 내가 허둥댔던 모습을 봐서 그런지, 마리는 실망했다는 느낌을 잔뜩 담아 나를 한번 흘낏 봤다.

"어, 어쩔 수 없지 않슴까. 보통 이런 본 적도 없는 노점을 아무렇지 않게 척척 들어가긴 어렵단 말임다……."

"정말이지~ 해본 적 없는 일이 더 즐거운 법인데~."

마리는 볼을 잔뜩 부풀리더니, 들고 있던 컨트롤러를 달칵달칵 만지작거렸다.

설명에 따르면, 이 『헤드폰 액터』라는 것은 대전 형식의 슈팅 게임인 모양이었다.

나란히 앉은 우리 앞에는 각각 검은색의 높은 테이블이 있었고, 그 위에는 비디오 게임용으로 보이는 무선 컨트롤러가 놓여 있었다.

등 뒤에 설치된 프로젝터를 통해, 정면에 드리워진 간이 스크린으로 영상이 뜨는 구조였다.

『축제 노점』의 이미지와는 그다지 부합하지 않았지만, 최근에는 이런 가게도 많이 나오는 걸까? 들어본 적은 없지만.

게다가 겉모습과 달리, 밀리터리 복장을 입은 사람들은 몹시 친절했다.

평소에는 각자의 고향에서 일을 하는데, 몇 년 전에 만난 이 게임을 잊지 못하다가 이번에 드디어 염원하던 가게를 낸 것이라고 했다.

게임 데이터는 빌린 것이지만, 원작자의 허락은 확실하게 받았다고 한다.

워낙 기쁘게 말해서, 듣는 쪽도 기분이 나쁘지 않았다.

뭐, 조작 설명 중 절반이 그 이야기였던 건 조금 곤란했지만 말이지.

"적이 오면 버튼, 적이 오면 버튼……."

마리는 밀리터리 복장을 입은 사람들의 설명을 자기 나름대로 해석해서 복창했다.

아아, 역시 마리는 사랑스럽다. 하지만 슬프게도 지금 우리는 적이었다.

테이블에 놓인 컨트롤러를 들어 올려 그립감을 확인했다. 비디오 게임을 하는 건 정말 오랜만이었다.

아버지가 게임을 좋아했기에 온가족이 모여 게임을 하곤 했는데, 누나가 엄청나게 강해서 즐거웠던 추억은 별로 없었다.

가끔 카노와 **잠깐 하는** 일이 있어도 둘 다 승패에 별로 연연하지 않는 성격 때문인지, 항상 도중에 흐지부지되어 버렸다.

돌이켜 생각해봐도 비디오 게임에서 이긴 적은 없었지만, 그래도 내가 『경험자』인 것은 분명하다.

축제 회장에 가게를 냈다는 것은 난이도도 만인을 대상으로 조정되어 있을 테니, 내가 크게 뒤지는 일은 없을 것이다.

게임 미경험자인 마리와 비교하면, 단연 내가 더 유리하다. 이길 수 있다. 이 승부에서 이겨 보이겠다! ……아아, 왠지 내가 엄청 야비한 녀석인 것 같다. ……틀린 말은 아니지만.

“자, 두 분 다 준비는 되셨습니까?”
마지막으로 확인하는 목소리에, 뜻밖에도 심장이 두근거렸다.
“응, 언제든지 시작해도 괜찮아.”
“저, 저도 괜찮습다. 언제든지 시작해주십쇼.”
실내의 조명이 어두워지자, 드디어 스크린에 게임 오프닝 화면이 떠올랐다.
『헤드폰 액터』라는 타이틀 로고 안쪽에는, 을씨년스러운 거리의 풍경이 실루엣으로 떠 있었다.
각자 스타트 버튼을 누르자, 난이도를 선택하는 화면이 나타났다.
“……음, 뭘 선택하면 좋을지 모르겠습다.”
“아! 뭐든 마음에 드는 쪽으로 선택하면 됩니다! 덧붙여서 저의 추천은…….”

띠롱!

경쾌한 효과음과 함께 화면이 암전했다.
어라? 나는 아무것도 안 눌렀는데 난이도가 선택되었다는 건…….

"자, 시작한다. 집중해."

역시 이 아이가 눌렀구나. 사냥꾼이다. 마리가 사냥꾼의 눈을 하고 있다!

허둥지둥 컨트롤러를 고쳐 쥐며 『게임 스타트』라는 문자를 눈에 새겨 넣었다. ……그 순간, 화면 가득 터무니없는 숫자의 적들이 날뛰기 시작했다.

"우우우우와아아아악! 뭐, 뭡니까! 이게 뭡니까!"

무턱대고 버튼을 연타하며 쥐고 있던 총을 난사했지만, 깜찍하게 그려진 적들은 경쾌한 몸놀림으로 총알을 휙휙 피했다.

그렇게 적들은 눈앞으로 성큼성큼 다가오는가 싶더니, 깜찍한 겉모습과는 전혀 어울리지 않는 예리한 손톱으로 내가 조작하는 캐릭터에게 척척 치명상을 줬다. 정말 공포스러웠다.

만인을 대상으로 하기는커녕 만인을 죽이는 귀축 난이도에 내가 거품을 물고 있을 때, 옆에서는 「어떻습니까! 최고 난이도의 스릴은!」 하고 태평한 목소리가 들려왔다. 말씀하신 대로 최고의 스릴입니다, 젠장.

하지만 내가 이 정도인데, 마리는 더 심각한 상태가 아닐까.

내 캐릭터에서 눈을 떼기는 불안했지만, 어차피 맞지도 않는 총을 탕탕 쏘고 있을 뿐이기에, 내 캐릭터를 방치한 채 마리 쪽을 보았다.

중앙에서 반으로 나뉜 대전 화면의 왼쪽, 마리의 전투 화면에서는 역으로 처참한 사건이 벌어지고 있었다.

"머, 멈춰 있잖아……."

마리를 향해 돌진해 와야 할 적들은, 모두 한결같이 움직임을 멈춘 채 「얍, 얍」 하는 마리의 소극적인 소리와 함께 머리를 관통 당했다.

도망치지도 못하고 싸우지도 못한 채 「아앗~」 하는 비통한 비명을 지르면서 죽어가는 적들의 모습은 그저 불쌍하다고 밖에는 표현할 말이 없었다.

"음, 고장 난 겁니까."

"모르겠습니다. 하지만 이것도 하나의 재미라고 생각합니다."

아아, 재미있으시다니 다행입니다. 죄송합니다, 정말로.

그렇게 내가 멍하니 있는 동안, 화면에 뜬 『Finish』라는 문자가 싸움이 끝났다는 것을 알렸다. 결과는 물론 하늘과 땅만큼 차이가 났다.

"후우~. 어라? 세토. 서, 성적이 별로 좋지 않네……."

한숨을 돌린 마리는 그렇게 말하더니, 켕기는 것이 있다는 듯 입꼬리를 실룩거렸다. 아무래도 자각은 있는 모양이다.

"마리…… 『능력』 사용했죠? 알고 있음다. 자, 날 똑바로 보십쇼."

"바, 반칙은 안 했어. 정말이야."

하지만 마리는 나를 절대 보려고 하지 않았다. 정말, 이 고집은 누굴 닮은 건지…….

결과만 보면 마리의 2연승이지만, 아무리 생각해도 이건 이의를 제기할 수밖에 없었다.

그래도 이 컨테이너 안에서 이 이상 말다툼을 할 수는 없었기에, 나는 자리에서 일어났다.

"하아, 아무튼 밖에 나가서 제대로 이야기하겠음다. 정말이지, 이런 일에 『능력』을 사용하다……니……."

대전 종료 화면이 사라지고 스크린에는 어느샌가 『랭킹』이라고 적힌 리스트가 떠 있었다.

No.1의 항목에는 아마도 완벽한 성적을 올렸을 마리의 이름이 있었다.

그리고, 그보다 아래에 적혀 있는 몇몇 이름을 보고, 나는 말을 잃었다.

No.1 MARY

No.1 SHINTARO_K

No.3 ENE_

No.4 KIDO_

No.5 HARUKA_K

.

.

.

"……왜, 왜 그래? 세토, 괜찮아?"

마리가 걱정스러운 표정으로 나에게 달려올 때까지, 나는 숨도 쉴 수 없었다.

순간 격렬한 현기증이 일면서 심장이 터질듯이 고동쳤다.

어째서? 왜 여기에 그들의 이름이 있는 거지?

우연일까? 아니면 『잊으려고 하는』 나에게 경고를 하는 걸까?

"미, 미안해! 시, 실은 반칙을 해버렸어. 그래서 화내는 거지? 저기, 세토……."

나는 마리의 말에 대답도 하지 못한 채, 그 손을 난폭하게 잡고 컨테이너 밖으로 뛰쳐나왔다.

뒤에서 밀리터리 차림의 사람들이 걱정하는 소리가 들렸지만, 도저히 돌아볼 수가 없었다.

"세토! 위험해! 좀 더 천천히 걸어야……."

아무튼 일단 이 자리를 떠나고 싶었다. 인파를 헤치며 닥치는 대로 인기척이 없는 곳을 찾았다.

제길……! 앞으로 가기 힘들어…….

머릿속에 『그들』의 얼굴이 떠올랐다. 모두 하나같이 나를 비난하듯이 무기질적인 눈으로 나를 바라보았다.

아니, 이건 내 상상이다. 사로잡히지 마. 잊겠다고 결정했으니까.

하여간 앞으로 가자. 모두 다 방해돼. 빨리, 빨리 도망쳐야 하는데……!

『뭐야, 저거……. 무슨 사건이라도 일어났나?』

"……읏?!"

……『목소리』가 들려왔다.

확실하게 지금, 목소리를 들어버렸다.

『우와, 저 사람 표정이 무시무시해……. 누가 경찰 좀 불러줘.』

그만둬.

『말도 안 돼. 오늘이 첫 데이트인데 하필이면.』

시끄러워, 시끄러워…….

『난리치기는……. 정말 어디에나 있구나. 저렇게 다른 사람 생각은 안 하는 녀석이.』

시끄러워! 닥쳐, 닥쳐, 닥쳐!

오른쪽 다리가 아플 정도로 지면을 찼다.

『능력』이 폭주하는 걸 억누를 수가 없었다. 억누르기는커녕 『눈을 훔치는』 능력은 과거 어느 때보다 더 수많은 『목소리』를 수집하여, 그것을 내 머릿속에 마구잡이로 늘어놓았다.

깨질 듯한 머리를 풀가동시키며 어떻게든 앞으로 나아갔다.

도망쳐. 아무튼 아무도 없는 곳으로 도망칠 수밖에 없어.

마리를 데리고 어디든 멀리……!

『굉장하네~. 이렇게 혼잡한 곳에서 달리다니, 머리가 어떻게 된 거 아냐?』

달린다.

『잠깐, 저 녀석 방금 부딪쳤잖아. 사과도 안 하다니, 정말 죽어버려.』

그저 달린다.

『우와, 표정이 너무 필사적이라 웃기다. 무슨 생각인 거야. **혼자** 불꽃놀이 대회에 와서 날뛰다니…….』

……혼자?

"……으앗!"

내딛으려던 다리가 갈 곳을 잃고 꼬이자마자, 힘차게 나아가던 내 몸은 지면에 강렬하게 부딪쳤다.

통증과 호흡곤란과 나에게 쏟아지는 맹독 같은 『목소리』에, 나는 견디지 못하고 비명을 질렀다.

조소와 멸시와 증오와 무심한 살의가, 사방팔방에서 내 머릿속으로 뛰어 들어와 뇌수를 휘저었다.

어마어마한 고통에 『능력』이 깃든 눈을 파내려고 하는 양손을 억누르며, 나는 간신히 일어나 주변을 둘러보았다.

사람, 사람, 사람. 나를 바라보는 의아스러운 표정의 바다에, 오로지 시선을 던졌다. 하지만…….

"없어……!"

분명 손을 잡고 있었다. 손을 놓친 감각도 없었다. 그런데 왜 마리가 없는 거지?

필사적으로 주변에서 들리는 『목소리』에 의식을 집중했지만, 마리의 『목소리』는 도저히 찾을 수가 없었다.

마리의 목소리를 못 듣고 놓쳤나? 그럴 리가 없다. 내가 그 아이의 목소리를 놓치다니, 그런 일은 있을 리가 없다.

……만약 마리가 『사라졌다』면?

"……아니야."

그래. 마리는 쓸 수 없다. 마리는 모른다. 마리가 『기도의 능력』을 사용하다니 말도 안 된다.

안 돼, 생각하지 마. 떠올리지 마. 전부 잊기로 했잖아.

그러니까 부탁이야, 부탁이니까 떠오르지 말아줘…….

어스름 속에 울려 퍼지는 『목소리』들이 마치 매미 소리처럼 돌림 노래를 연주했다.

생지옥 같은 세계의 한가운데에서, 그 아이를 향한 마음만이 유일하게 내 정신을 붙들었다.

마리, 마리, 가련한 마리.

할 줄 아는 게 아무것도 없어도 괜찮아. 아무것도 기억하지 못해도 괜찮아. 그 아이가 못 하는 일은 전부 내가 하면 되니까.

그 아이가 언제까지나 변함없이, 계속해서 지금 이대로 있어준다면, 나는 아무것도 바라지 않아.

그 아이가 슬퍼하지 않을 수만 있다면, 나는 거짓말쟁이도, 죄인도 될 수 있어.

거짓이든 환상이든, 구멍투성이인 이 일상을, 나는 언제까지라도 이어나가겠어.

길었던 머리카락도, 죽은 동료들도, 이 여름의 기억도, 그 아이를 위해 잊을 거야.

저기요, 불합리한 신이시여. 당신은 알고 있었죠?

나는 벌써 몇 년 동안, 매미 소리에 동료들의 목소리를 겹쳐 듣고 있었다.

나는 『그들』이 여름을 넘기지 못한다는 것을, 훨씬 전부터 알고 있었다.

그러니까 이제 망설이지 않아. 당신이 무책임하게 팽개친 이 『미래』를, 전부 그 아이에게 바치기로 마음먹었으니까.

그 아이는 절대로 혼자 두지 않겠어. 그것이 나의 『행복』이니까.

칠드런 레코드 -side No.7-

『잊을 수 없는』 것이 『추억』의 전제 조건이라면, 잊어버린 『추억』은 뭐라고 불러야 할까.

하마터면 누락될 뻔 했던 『기억』에 대해, 나는 아무 말 없이 생각했다.

가슴이 찢어질 것 같던 『이별』도, 기적 같던 『재회』도, 결사의 각오로 손을 뻗었던 『미래』도, 아무리 소중하게 여겼더라도 잊어버리면 허망해지는 것이다.

『잊는다』는 것은 쓸쓸함조차 남기지 않는다. 처음부터 존재하지 않았던 것처럼 잊힌 기억은 『추억』이라는 이름도 버린 채, 흔적도 없이 사라진다.

정말 부조리한 이야기다. 아무리 사랑스럽다고 생각해도 기억에 울타리를 칠 수는 없다. 진실로 잊어버린 『추억』은 떠올리려는 동기조차도 잊어버리게 만든다.

그래, 우리는 계속『잊어버린 상태로』 여기에 있다. 떠올리지 못하는 기억의 유골을 밟고서 이유도 모른 채 앞으로 나아가고 있다.

바라건대 그것만은 잊고 싶지 않다.

"……어이~ 일어났어?"

진홍빛으로 물든 교실에 무신경한 목소리가 울려 퍼졌다.

창가 맨 끝에 있는 자리에 앉아서 해가 저물 듯 저물지 않는, 마치 디오라마 같은 거리를 바라보고 있던 나는, 목소리의 주인을 바라보았다.

아야노가 내 앞자리에 앉아, 석양에 물든 얼굴로 나를 휙 들여다보고 있었다.

애초에 삶과 죽음이 애매한 이 세계에『잔다』는 개념이 있는지도 몹시 의심스러우니, 지금 한 말은 농담일까.

아니, 미심쩍은데. 이 녀석은 아무 생각도 없는 것 같다.

"눈 뜨고 자는 녀석이 어디 있냐."

나는 퉁명스럽게 말한 뒤, 다시 창밖의 거리를 바라보았다. 시야 구석에서 아야노가 살짝 움츠러드는 게 보였다.

그 모습을 보건대, 아야노도 어렴풋이 눈치챈 모양이다.

딱히 심술부리겠다는 생각은 없었지만, 뭘 숨기겠는가. 나는 조금 화가 나 있었다.

“호, 혹시…… 상담하지 않았던 거에 대해 화난 거야?”

아야노는 몸을 살짝 움찔하면서, 주뼛주뼛 눈만 들어 나를 바라보며 말했다.

“……뭐를?”

“음, 신타로한테 아무 말 없이 혼자 이쪽으로 와버린 일이라거나…….”

말을 마친 뒤 고개를 숙인 아야노는 힐끔거리며 내 눈치를 봤다.

……뭐, 거의 정답이다.

적어도 나 역시 이 녀석을 싫어하지 않는다.

이러니저러니 해도 이 녀석은 나를 좋아하는 모양이고, 내가 이 녀석의 공부를 봐준 것도 한두 번이 아니었다.

물론 나와 이 녀석은 남자와 여자이니까, 각자 비밀 한두 개 쯤 갖고 있는 게 당연하다고 생각한다.

그 정도는 이해한다고 해도, 우리는 친구 사이이니까 커다란 고난을 앞에 뒀을 때는 서로 믿고 의지할 수 있는 관계일 거라고, 나는 그렇게 철석같이 믿고 있었다.

하지만 말이다.

음, 뭐~ 메카쿠시단 녀석들로부터 이 녀석에 대해 들어본 적도 없는 이야기가 잇달아 나왔던 것이다!

혼자 『눈을 맑게 하는』 능력에 대해 조사하고 다녔다느니, 남동생과 여동생이 모두 『능력자』였다느니, 무엇보다 단신으로 『아지랑이 데이즈』에 들어가려고 했다느니, 파면 팔수록 들은 적도 없는 이야기의 바겐세일이었다.

아니, 딱히 나에게 숨긴 것이 분하다거나, 아야노에 대한 건 미주알고주알 다 알고 싶다는 것은 아니다. 결코 아니다.

사정이 있다고는 해도 자신을 돌보지 않는 무모한 방식을 취한 것에, 그저 친구로서 분노를 느끼고 있는 것이다.

힐끗 바라보니, 아야노는 내 시선에 안절부절못하며 몸을 움츠렸다.

제길……! 강아지 같이 굴다니……!

내 양심에 기대려고 해봤자 소용없어! 내가 요 2년간, 이 녀석에 대한 일로 얼마나 마음이 아팠는데!

평범한 남자라면 넙죽 용서할지도 모르지만, 신타로 씨는 이 정도로 넘어갈 쉬운 남자가 아니다. 그런 부분에서 신타로 씨는 엄격한 사람이다.

"……뭐, 사정이 사정이니까. 이제 와서 비난한다고 해서 어떻게 되는 것도 아니고."

원통하다. 신타로 씨는 여자아이가 안절부절못하면 넙죽 용서해버리는 사람인 것이다.

내가 화를 낼 것이라고 생각했는지, 아야노는 잠시 멍하니 있다가 미안하다는 듯이 쓴웃음을 지었다.

"여전히 다정하구나. 그러니까 이곳으로 오게 되는 거야, 신타로."

"시끄러. 너희도 마찬가지잖아."

나는 머릿속의 촌극을 대충 접고, 낯부끄러운 공기를 밉살스러운 말로 얼버무렸다.

『아지랑이 데이즈』에 삼켜진 지, 체감상 거의 하루 정도가 지났다.

하지만 졸리지도 않고 배도 고프지 않은 이 환경에서 체감에 의지해봤자 별 의미가 없겠지.

하루카 선배의 말에 의하면 밖과 이쪽의 시간은 무척 다르게 흐른다는 모양이다.

히비야의 「같은 날이 몇 번이고 반복됐다」는 이야기에 대강 예상은 했지만, 아니나 다를까 논리도 이치도 통하지 않았다. 상식 밖의 세계라는 것은 역시나 분명한 모양이다.

"하지만 정말 깜짝 놀랐어. 설마 신타로가 모두와 함께 싸워주다니."

"나야말로 상상도 못했어. 누군가를 위해서 악착같이 애를 쓰다니, 나답지 않다니까……."

"으음, 그렇지 않아. 이유는 모르겠지만, 계속 이렇게 될 것 같았거든. 모두를 지키기 위해 신타로가 노력할 거라고."

아야노는 마지막에 「그래서 이야기를 할 수 없었어」라고 덧붙이며 수줍어했다.

내가 싸울 것을 예상했다고?

뭐, 모모가 『능력자』인 이상 나도 휘말릴 가능성이 있긴 했지만, 애초에 이 녀석은 모모가 『능력자』였다는 사실을 몰랐을 것이다.

그렇다면 나는 정말 이 녀석에게 『관계없는 사람』이었을 텐데, 이렇게 될 것이라고 예상했다는 말을 덜컥 믿을 수는 없었다.

음. 잠깐, 기다려봐. ……아항, 설마—.

"혹시 지금 『무능력자』인 나를 위로하는 거야?"

무슨 인과인지 고등학교 때 함께했던 녀석들은 모두 『능력자』가 되어 버렸다. 하지만 나는 아직 반질반질한 일반인이다.

딱히 부럽다는 생각은 하지 않았지만, 이 녀석은 네 명의 친구 중에서 혼자 『능력』을 손에 넣지 못한 나를 불쌍하다고 생각한 게 아닐까.

하지만 아야노는 빈정거리는 내 말에 고개를 붕붕 저으며 답했다.

"저, 정말이야! 나, 신타로가 싸우는 모습을 꿈에서까지 봤는걸!"

"호오, 그건 어떤 꿈이었는데?"

"으음, 신타로가 이렇게 모두의 앞에 멋지게 서서 포즈를 떡하니 취하는 거야. 새빨간 전신 타이츠를 입고 석양을 등진 채 『오래 기다렸지! 내가 바로 희대의 슈퍼 히어로다!』라면서, 들고 있던 쇠사슬이 달린 철구를 붕붕……."

"잠깐, 잠깐, 잠깐, 잠깐! 웬 변태 자식이야, 그 녀석은! 조금도 『능력』과 관계없는 데다~ 애초에 전혀 실현되지 않았잖아!"

반쯤 환각 상태에 빠진 것처럼 철구를 휘두르는 내 모습을 상상하던 아야노가 퍼뜩 정신을 차렸다.

"정말 그러네. 어라? 다른 꿈에서 봤던가……."

"아니, 내 꿈을 얼마나 꾼 거야, 너는……."

이 녀석의 머릿속에서 각종 변태 슈트를 입은 내가 활약하다니, 무섭기 짝이 없다.

하지만 꿈을 꾼 장본인인 아야노는 어째선지 얼굴을 붉히며 「꽤, 많이 꿨을지도」라고 오싹한 말을 했다.

“하, 하지만 말이야. 눈의 『능력』은 다양한 모양이니까, 미래를 보는 능력이 있어도 이상하지 않잖아?”

“뭐, 이제 뭐가 나와도 놀랍지 않겠지만, 네가 그 『미래가 보이는』 능력자라는 소리야?”

“설마! 내 능력은 전혀 달라!”

절대 아니라는 것처럼, 아야노가 손으로 척! 엑스 표시를 했다.

“그럼 그 이론은 말이 안 되잖아! 너의 머릿속에 자리 잡은 나를 정당화시키려고 하지 마. 우선 전신 타이츠를 벗겨 달라고.”

“뭐? 전신 타이츠를 벗기면 멋진 부분이 없어지잖아…….”

“어, 그럼 애초에 나일 필요도 없잖아.”

……지친다.

아아, 생각났다. 이 녀석과 이야기하는 데에는 에네와 이야기하는 것과 마찬가지로 크나큰 노력이 필요했지.

마치 『이야기』를 위해 이야기하는 듯한 알맹이 없는 대화……. 죽어서도 이 논조는 사그라질 줄을 모르다니, 무서운 녀석…….

하지만 그 무렵과 달리 알맹이 없는 이야기만 하는 것도 아닌가.

확실히 이 녀석은 죽어서도 바깥 세계의 싸움에서 커다란 역할을 맡고 있었다. 그 증거로 이 녀석은 조금 전에 살짝 신경 쓰이는 말을 했다.

부질없는 대화가 되지 않기를 빌면서, 나는 입을 열었다.

"너, 조금 전에 너의 『능력』은 미래를 보는 능력이 아니라고 했지?"

"아, 응. 그랬지."

"그럼, 어떤 『능력』을 손에 넣은 거야?"

……침묵.

"……아아, 맞다! 그 이야기를 해야지!"

아야노는 별안간 덜컹! 하고 의자를 울리면서, 맹렬한 기세로 일어났다.

"으쌰!"

그 기세에 엄청 놀란 나는 기분 나쁜 비명을 지르면서 뒤로 넘어졌다. 그리고 보기 좋게 뒤통수를 부딪쳤다. 여기가 『아지랑이 데이즈』가 아니었다면, 분명 과실치사였을 것이다.

"우와앗! 미안, 미안! 그래서 『능력』에 대한 이야기 말인데……."

"자, 잠깐 기다려, 전개가 너무 빠르잖아. 의자 정도는 세우게 해줘."

나는 허둥지둥 바닥에서 기어올라, 덜컹거리며 의자를 다시 세웠다.

제대로 된 대화를 시작하려고만 했는데도 이렇게 지치다니, 아마 이야기가 끝날 무렵이면 내 정신은 마모되어 사라진 상태겠지.

"그래서."

"응."

정신을 가다듬고 대화를 재개했다.

"내가 이 세계…… 『아지랑이 데이즈』에 왔을 때의 이야기부터 설명하는 편이 좋을 거라고 생각해, 아마도."

"그래. 제대로 설명할 자신은 있어?"

"벼, 별로 없지만…… 노력해볼게."

그런 마음가짐이라면 됐다. 이야기를 들려줘.

"내가 그날…… 옥상에서 **그걸** 했던 날의 이야기인데……."

"……자, 잠깐 기다려. 그렇게 말하는 건 그만두지 않을래? 너무 가벼워서 왠지—."

"정말~ 모처럼 좋은 느낌으로 설명할 수 있었는데! 얌전히 들어!"

아야노가 가볍게 책상을 타악 두드렸다. 야단맞았다. 조용히 듣자.

"그날 『아지랑이 데이즈』에 들어간 뒤에 바로…… 아자미라는 아이랑 만났어."

……아자미. 『능력』을 만들어낸 장본인이자, 『눈을 맑게 하는』 능력이 꾸민 모략의 최초 피해자였다.

바깥에 있는 녀석들에게 『능력』이 옮겨간 뒤, 아자미 본인이 어떻게 됐는지는 몰랐지만, 의식을 유지한 채 『아지랑이 데이즈』 안에 머물렀다는 말인가.

아야노가 고의로 거짓말을 한다고 보기는 어려웠다. 만났다고 하니, 그런 거겠지.

"그 아이, 굉장히 약해진 상태였어. 그때까지는 타카네 선배에게 준 『눈을 뜨는』 능력으로 어떻게든 정신체로 존재하고 있었지만, 그 능력이 사라지자 정말 한계에 몰렸던 모양이야."

"과연……. 에노모토가 에네가 된 건, 그 뒤였던 건가."

"그래, 맞아. 이야~, 타카네 선배도 뭐랄까…… 와, 완전 명랑해졌지?"

선배라고 존중해주는 건지, 아야노는 최대한 단어를 고르며 말한 것 같았지만, 입꼬리에서 일어나는 경련은 감출 수가 없었다. 기뻐해라, 에노모토. 귀여운 후배가 확실하게 지켜보고 있었다고.

내가 히죽거리는 걸 눈치챘는지, 아야노는 「그, 그 이야기는 내버려두고!」 하고 말을 돌리며 이야기를 재개했다.

“아자미는 몸도 정신도 없어졌지만, 마지막으로 딱 하나 갖고 있던 『능력』이 있었어. 그것이 내가 받은 『능력』이야.”

아야노는 그렇게 말한 뒤, 눈꼬리에 손가락을 댔다.

“마지막 하나라…… 그 능력은 나도 뭔지 모르는데.”

아자미의 일기에 적혀 있던 『열 가지 능력』은 대부분 이름과 함께 언급되어 있었다. 하지만 몇 번이나 숫자를 세어보아도, 그곳에는 아홉 가지 능력의 이름만 있었다.

그 아홉 가지의 『능력』은 바깥에 있는 녀석들에게 깃든 『능력』과 딱 맞아떨어졌다. ……요컨대 아야노에게 깃든 능력은 **일기에 적혀 있지 않았던** 『열 번째 능력』인 것이다.

아야노는 눈꼬리를 손가락으로 톡톡 두드리면서 잠시 망설이다가 입을 열었다.

“이건 조금 이상한 『능력』이라…… 다른 『능력』과는 성질이 조금 다르다고 해야 할지, 아자미의 『마음』에서 생겨난 『능력』이라고 해야 할지……. 『전하고 싶다』는 마음이 만들어낸 능력이라고 하면 이해가 될까?”

“아니, 전혀 모르겠는데.”

“……그렇겠지.”

아야노는 하아~ 하고 크게 한숨을 쉬었다. 아니, 설명하는 게 서투른 너치고는 선전하고 있어.

"……아, 그래. 그럼 이렇게 하면 되려나?"

……그 순간.

아야노의 갈색 빛이 감도는 검은 눈동자가, 마치 저녁노을과 색을 맞춘 듯 짙은 주황색을 띠었다.

몇 번이나 봐온 『능력』의 발동— 하지만 아야노의 두 눈에는 다른 『능력』이 내뿜는 『위압감』이 전혀 느껴지지 않았다.

"아마 이렇게 하는 게 가장 이해하기 쉬울 거라고 생각하는데…… 받아들여줄래?"

아야노의 말과 입술의 움직임이 내 승낙을 자연스레 재촉했다.

"……고마워. 그럼 『전할게』."

눈동자에서 일렁이는 노을빛이 더욱 강렬하게 타올랐다. 나는 눈도 깜박이지 못한 채, 그 눈동자의 설득력에 그저 몸을 맡겼다.

"……눈을 『돌본다』."

*

……어두운 곳이었다.

오른쪽도 왼쪽도 위도 아래도 없었다.

춥지도 덥지도 않았다.

그런 장소였다.

"……사라지는 거구나. 아자미."

어둠 속에서 울리는 목소리. 소리를 뒤쫓았지만, 목소리의 주인은 보이지 않았다.

그리고 또 하나의 목소리가 들렸다. 바싹 붙듯이 다가와, 말과 말이 겹쳐졌다.

"아아, 마지막에 너 같은 녀석과 이야기할 수 있어서 다행이군. 너희에게 해줄 수 있는 것이 아무것도 없어서, 미안하다. 정말로, 미안하다……."

"울지 마, 나도 참고 있으니까……."

"우, 우는 게 아니다. 콧물이 나왔을 뿐이다. 게다가…… 너의 마음에는 이미 내『기억』이 전달되고 있겠지."

"……응, 전달되었어. 아자미의『기억』을 확실하게 받았어. 그러니까 이제 외롭지 않아."

"그래. 그럼 안심이다. 앞으로 그『기억』이 뭔가 도움이 될지도 모르지.『기억』은 내가 아니지만, 내가 살아온…… 소중한『추억』이다."

"정말, 그러네. 아자미의『기억』……. 마치 내 일처럼 알 수 있어. 참으로 오랜 시간 동안 열심히 살아왔구나, 아자미."

"……으 ……흑……."

"아앗, 미안. 울리려고 한 말이 아니라……."

"아니, 아니다. 누가…… 누군가가 그런 말을 해줄 거라고는, 꿈에도 생각하지 못해서……."

"정말, 아자미는 울보구나. 괜찮아, 나, 나는…… 절대로 잊지 않을 테니까……."

"……뭐냐, 너도 울고 있지 않은가."

"에, 에헤헤. 우리 둘 다 똑같네."

"그래, 똑같구나."

"……."

"……이제 얼마 남지 않았군. 마지막으로…… 이것을 건네주마."

"……어……."

"나의 『마음』…… 『눈을 돌보는』 능력이다. 『마음』과 『기억』을 전하는 능력……. 너라면 분명……."

"……응. ……소중히 할게. 꼭 그 아이에게 전할게. ……그러니까 푹 쉬어, 아자미."

"……."

"……."

"……."

"……흑 ……흐흑, 흐어엉……."

*

"……어서와. 제대로 전해졌어?"
"……아아, 전해졌어."

주홍색으로 물든 교실의 색은 빛바래지 않은 채, 되돌아온 내 의식을 부드럽게 감싸주었다.
『본』 것도 『들은』 것도 아닌데, 내 머릿속에는 당연하다는 듯이 아야노와 아자미의 만남에 대한 기억이 있었다.

"……신타로, 혹시 우는 거야?"
"안 울어. 콧물이 나왔을 뿐이야."
아야노는 잠시 내 얼굴을 보다가 내가 한 말의 의미를 깨달았는지 쑥스러운 미소를 지었다.

……아야노에 대해 생각했다.

생전에 이 녀석을 둘러싸고 있던 환경은 토가 나올 정도로 열악했다.

소중한 어머니는 죽고, 유일하게 의지할 수 있는 아버지는 변모하여 형제와 선배를 인질로 잡았으니까.

너무 화가 나서 분노를 참을 수 없는 정도가 아니지, 이건.

그렇게 아야노는 옥상에서 뛰어내리고 스스로 목숨을 끊어서 『아지랑이 데이즈』로 들어갔다.

이건 카노가 추측한 내용이지만, 아야노는 어머니의 수기와 『눈을 맑게 하는』 능력의 계략을 연결 지었을 것이다. 그 결과 『열 가지 능력』 중 하나를 손에 넣으면, 『눈을 맑게 하는』 능력의 『능력을 모아 메두사를 만든다』는 계획을 방해할 수 있을 거라고 생각했겠지.

메카쿠시단 녀석들과 만나서 각자가 이야기하는 과거를 연결하자, 아야노가 한 행동의 진의를 알게 되었다.

그래, 어찌할 수 없는 『분노』와 함께 말이다.

그래서 나는 그 『분노』를 양분 삼아 싸웠다.

필사적으로 살아가는 녀석들을 바보 취급하고, 그들에게 말도 안 되는 부조리를 강요하며 미래조차 빼앗으려 하는 거지같은 세계를 향해— 그 세계를 때리기 위해 덤벼들었다.

그리고 그 결과가 이 꼴이다.

누구 하나 구하지 못했고, 기적 하나 일으키지 못했다. 없는 지혜를 쥐어짜내 세운 작전도 모두를 구하지는 못했다.

유일하게 할 수 있는 일이 죽은 친구의 말 상대라니, 정말 한심하기 짝이 없다.

하지만 말이다.

죽었어도, 썩어가더라도, 도망칠 수 없는 사실이 있다. 『아지랑이 데이즈』의 바깥에서는 메카쿠시단 녀석들이 아직 적과 싸우고 있다는 것이다.

죽었다고 해서 나 혼자 멋대로 끝내버릴 수는 없다.

그리고 그렇게 생각하고 있는 것은, 아무래도 나 혼자가 아닌 모양이다.

나와 아야노는 눈을 마주보며 서로의 의사를 확인하듯 말을 나눴다.

"……끝까지 가야지."

"아아, 아직 결말이 난 게 아니니까."

아야노의 망설임 없는 말에, 나는 한 가지 확신을 했다.

아마 나와 이 녀석은 이 싸움에 대해 완전히 똑같은 결과를 예상하고 있겠지.

애초에 이 싸움에는 처음부터 전제된 조건이 있다.

적이 불멸의 『능력』 그 자체이며, 유일하게 그것을 지배할 수 있는 『메두사』는 이 세상에 존재하지 않는다는 점이다.

적이 불멸인 이상, 마리가 『메두사』가 되어 적을 무력화시켜야 했다. 그렇지 않으면 아무리 도망을 가고 시간을 벌어도, 『능력자』들은 언젠가 모두 학살당하게 된다.

하지만 마리가 『메두가』가 되기 위해서는 『능력자』들의 목숨을 대신하고 있는 『능력』을 그들에게서 뽑아낼 필요가 있다.

요컨대 이 싸움에는 처음부터 『전원이 살아남는다』는 전개란 존재하지 않았다.

몹시 잔혹한 이야기지만, 그것이 이 싸움의 『현실』이다.

전원이 살아남지 못하는 한, 우리는 가슴을 펴고 『이겼다』고 할 수 없다.

그리고 메카쿠시단의 전원은 그 전제를 이해하면서 이 싸움에 몸을 던진 것이다.

……좀 더 빨리, 좀 더 예전부터 모든 것을 알고 있었더라면…….

이제 와서 후회해봤자, 이미 너무 늦었다. 모든 것은 이제 끝나기 직전까지 와버렸으니까.

하지만 딱 하나.

가능성이긴 하지만, 우리 손에 남아 있는 것이 있다.

자칫 무의미해질 수도 있지만, 싸우지 않았다면 결코 손에 들어오지 않았을 것이다.

이 싸움에서 『승리』가 없다는 것과 마찬가지로, 그것이 있는 한 『패배』도 없다.

왜냐하면 우리가 세운 목표는 『승리』가 아니니까.

"……딱 하나, 저쪽에 남기고 온 것이 있어."

나는 그렇게 말한 뒤, 저지 주머니에서 핸드폰을 꺼내 책상 위에 올려두었다.

아야노는 고개를 갸웃했다.

"핸드폰? 저쪽이랑은 연결되지 않을 텐데……."

"평범하게 생각하면 그렇지. 하지만 저쪽에는 『평범하지 않은 녀석들』이 있잖아?"

죽이 되든 밥이 되든이라고 말하기에도 부족한, 만에 하나라도 될까 말까 한, 그런 도박이었다.

그리고 그 도박이 성공한다고 해도 적을 쓰러뜨릴 수는 없다.

오로지 『연장전』을 손에 넣기 위해서, 나는 최후의 희망을 그 녀석에게 맡겨두었다.

“아무리 그런 아이디어가 떠올랐다고 해도, 보통 그런 짓은 안 한다고.”

내 생각을 눈치챘는지, 아야노가 쓴웃음을 지었다.

“나도 이제 『평범』하지 않을지도 모르지.”

살기 위해서도, 싸우기 위해서도 아니다.

그저 『선택한다』는 것에 목숨을 걸다니, 옆에서 보면 이상하게 보이겠지.

그렇게 나는 그 아지트에서 결정한 우리의 진부한 목표를 마음속으로 되새겼다.

『결코 미래를 포기하지 않는다』는 어린아이 같은 목표를…….

서머타임 레코드 -side No.2- (3)

얼마나 오랫동안 정처 없이 헤매며 걸어 다녔을까.

평정을 되찾은 것은 아니었지만, 정신이 들고 보니 『목소리』는 전부 사라지고 귓가에는 사람들이 만들어내는 희미한 소음만이 들려왔다.

그 소음 속에서 요쿄쿠(謠曲)[#12]의 노랫소리가 아득히 먼 뒤에서 들려왔다. 그것이 불꽃놀이 대회장의 배경 음악이라는 것을 바로 깨달았다.

회장에서 상당히 멀리 떨어진 곳까지 온 모양이다. 나는 뒤돌아보지도 않은 채, 결국 제방의 보도 위에 걸터앉았다.

땅거미 속에서 강이 흘러가는 소리가 고독감을 불러일으켰다. 짙은 회색빛 콘크리트의 감촉은 차가웠고, 그것이 나를 한층 더 쓸쓸하게 만들었다.

#12 요쿄쿠(謠曲) 일본 가면극 노(能)의 가사에 가락을 붙인 노래.

"마리……."

정말 바보 같은 짓을 저질렀다.

모처럼 마리가 즐거워했는데, 이제 불꽃은커녕 전부 다 엉망이 되어버렸다.

포기할 생각이었다. 마리를 위해 모두 잊을 각오를 했다.

하지만 스크린에 늘어선 그들의 이름을 보자, 아무래도 냉정하게 있을 수가 없었다.

내가 붙잡은 팔이 아프진 않았을까. 마리는 어떤 기분으로 『눈을 가리는』 능력을 사용했을까.

……아니, 그런 건 진즉에 알고 있었다. 나도, 키도도, 으레 불안했을 때 『능력』이 발동됐으니까.

마리는 그때…… 내가 붙잡은 손에 불인감을 느꼈던 것이다.

"……읏!"

속절없이 눈물이 흘러내렸다. 그 아이를 볼 면목이 없었다.

그날. 『아지랑이 데이즈』가 『적』과 『동료』들을 삼킨 뒤—.

그 자리에는 나와 마리만이 남았다.

눈을 뜨지 않는 마리를 짊어지고 아지트에 도착했을 때까지의 기억은 애매했다.

내가 기억하는 것은 눈을 뜬 마리가 내 얼굴을 보고 『미소』를 지었을 때부터였다.

동료를 잃은 처참한 싸움의 직후였는데도 그 아이가 웃다니, 생각할 수 없는 일이었다.

나는 그때 마리가 기억을 상실했다는 것을 깨달았다.

도대체 어디부터 어디까지 기억을 잃은 건지 확실하지는 않았지만, 적어도 이번 싸움에 대한 기억은 전부 잃어버린 모양이었다.

그 사실을 깨달은 나는, 모든 것을 이야기해야 할지 고민했다.

둘도 없는 친구들을 잃었다는 사실을, 그 친구들의 생명을 양분 삼아 우리가 살아있다는 사실을—.

그리고 이제부터 『살아가야 한다』는 사실을…….

……말할 수 있을 리가 없었다.

고민도 한순간이었다. 그 순간, 머릿속에 떠오른 그 아이의 절망적인 표정이 너무나도 무서웠다.

모든 것을 버리고 그 아이의 미소만을 지킨다.

잊어버린 과거는 떠올리지 않아도 된다. 그 아이는 기억을 떠올리면 분명 무너질 테니까.

그 아이에게 그런 경험을 하게 만들다니, 나로서는 절대 불가능했다.

그렇게 나는 오늘까지의 나날을 그럴듯하게 꾸미며 지냈다.

그 아이가 좋아하는 애니메이션을 함께 봤다.

버라이어티 방송의 심령 특집을 보며 함께 두려움에 떨기도 했다.

가까운 곳에 맛있는 레스토랑이 있다는 것을 알고, 사치를 부리기도 했다.

그 아이가 싫어하는 당근을 반으로 나눠 함께 먹었다.

아무것도 모르는 천진한 그 아이가 조금의 슬픔도 느끼지 않도록, 그 아이만을 보며, 그 아이만을 생각하며 지냈다.

거리의 불빛이 강의 수면에 반사되어 밤하늘처럼 반짝였다.

그 하나하나에 사람들의 생활과 인생이 담겨있다고 생각하자, 그 빛들이 몹시 현실감을 띠며 더러운 것처럼 느껴졌다.

사람은 누구나 가식을 떨며 마음속에서 어둠을 키운다.

입으로는 「좋다」고 하면서 마음속으로는 「싫다」고 한다.

입으로는 「고맙다」고 하면서 마음속으로는 「죽어버려」라고 한다.

그것은 철들기 전부터 『목소리』를 들었던 나에게 가장 평범하면서도 이상한 일이었다.

너도나도 지리멸렬하게 살아가며, 언뜻 아름답게 보이는 세계도 그 거죽을 한 장 벗기면 지옥처럼 오염되어 있다.

……그래.

그 아이를 처음 만났던 날도, 나는 오늘처럼 세상의 『목소리』로부터 도망쳤었다.

그날 거리에서 스쳐지나간 사람의 『목소리』가, 마침 카노의 『목소리』와 닮았던 것이 계기였다.

그 『목소리』가 카노와 똑 닮은 음색으로 몹시 더러운 말을 하자, 나는 갑자기 불안감에 휩싸였다.

가족들은 모두 좋은 사람들이었다. 카노와 키도와 누나는 미안할 정도로 나에게 잘 해줬다.

그렇기에 나는 무엇보다도 가족들의 마음속에 있는 어둠이 무섭고 두려워서 어쩔 줄을 몰랐다.

'만약 카노가 나를 싫어한다면?'

'만약 누나가 나를 성가신 녀석이라고 생각한다면?'

그렇게 생각한 순간, 고삐가 풀린 것처럼 『능력』을 제어할 수 없게 되었다.

그 순간, 나는 온갖 욕설을 토사류로 만든 듯한 『목소리』에 집어삼켜졌다.

그것을 견디지 못하고 집으로 도망쳤지만, 조금도 진정되지 않아서 가족들이 걱정하는 말도 무시한 채, 느닷없이 다시 집을 뛰쳐나갔다.

아마 이제껏 살아온 인생에서 가장 먼 거리를 달렸던 날이었다고 기억한다.

달리고, 달리고, 달리고, 달리고……. 그랬더니 어느샌가 누구의 『목소리』도 들리지 않게 되었다.

내가 시가지에서 멀리 벗어나, 사람이 사는 마을과 떨어진 산속에 왔다는 것을 깨달았을 때에는, 주위가 완전히 어두워져 있었다.

돌아가는 길도 몰랐고 의지할 곳도 보이지 않았다. 그저 고요한 어둠이…… 무엇보다 편안했다.

그때, 그 아이의 『목소리』를 처음 들었다.

마치 빛의 물감으로 주변 일대의 어둠을 칠하는 듯한, 그런 충격이었다.

겉과 속이 같고, 조금의 응어리도 느껴지지 않았다. 그저 세계를 사랑하며 언젠가 찾아올 행복에 가슴이 부푼, 그런 소녀의 아름답기까지 한 『목소리』에, 나는 무심코 마음을 빼앗겼다.

그렇게 해서 쑤셔오는 다리를 질질 끌듯이 달려가 도착한 그 집에 있던 사람이, 바로 마리였다.

부드러운 흰 머리카락을 길게 늘어뜨린 마리의, 보석처럼 투명한 연분홍색 눈동자가 내 모습을 비췄다.

그 순간, 나는 어린 나이에도 깨달았다.

나는『이 아이를 지키기 위해 태어났다』는 것을…….

그날부터 내 머릿속은 그녀에 대한 생각으로 가득했다.

그녀의 공상과 달리, 이 세계는 잔인하다. 응어리진 마음과 소용돌이치는 증오의 소굴이다. 순수한 그녀가 밖으로 나간다면, 분명 순백의 마음이 검게 물들어버릴 것이다.

나는 그녀를 위해 강해지는 것만 생각했다.

그녀를 지키기 위해서, 그녀가 간절하게 바라는 이야기의 왕자님이 되겠다고 진심으로 생각했다.

오염된『목소리』로 가득 찬 이 세계에서, 내가『살고 싶다』

고 생각하는 이유는 그 정도뿐이었다.

아버지에게 깃든 『눈을 맑게 하는』 능력의 『목소리』를 들었을 때도, 가족과 자신이 몰살당할 것이라는 사실을 알았을 때도, 머릿속에서는 마리만이 떠올랐다.

그녀를 외톨이로 만들 수는 없었다. 그녀는 절대 슬픈 일을 겪지 않았으면 했다. 그렇게 생각하면 생각할수록 가족과 친구를 소홀히 여기게 되는 나의 마음은, 검고 추악하며 더러워졌다.

결전의 전날 밤에 카노의 비명을 들었을 때도, 토할 것 같은 마음을 억누르며 필사적으로 아무렇지 않은 척 했다.

카노는…… 그 녀석은 정말 좋은 녀석이었다. 그 녀석이 짊어지고 있는 것은, 무엇이든 함께 짊어지고 싶었다.

누구보다 다정하고, 누구보다 내 마음을 잘 알면서, 그럼에도 요령이 없는…… 우리는 정말 똑 닮은 형제였다.

나는 그런 녀석조차도 마리와 저울질했던 것이다.

그런데도 결국 나는 아무것도 하지 못했다.

싸우지도 못하고 버리지도 못한 채, 오로지 계속 도망만 치다가 여기에 다다랐다.

그 아이의 미소가 전부다. 그것만이 나의 『행복』이다. 그래, 그렇게 마음먹었을 텐데…….

「내가 틀렸다」는 나의『목소리』가 귓가에 달라붙어 떨어지지 않았다.

문득 어떤 말 한마디가 머릿속에 되살아났다.

나는 너무나도 비참한 기분에 몸을 웅크리면서 무심코 우는 소리를 내뱉었다.

"미안함다, 에네. 저는 아무것도 못함다……."

결전의 날, 아자미가『눈을 맑게 하는』능력을 가두기 위해『아지랑이 데이즈』를 부르려던 그때, 나는 카노 일행과 마찬가지로 목숨을 던질 각오를 했다.

마리를 두고 혼자 죽는 것은 가슴이 아팠지만, 에네 일행이라면 분명 마리를 지켜줄 것이라고 믿을 수밖에 없었다.

하지만『아지랑이 데이즈』가 나타난 그 직후— 또렷하게 울리는 야무진 에네의 목소리가 내 귓가에 닿았다.

"제가 갈 테니까 괜찮아요. 저 아이를 지킬 수 있는 건 당신뿐이잖아요."

나는 왜 그 말이 나에게 하는 말이라는 걸 바로 깨닫지 못했을까.

모든 일이 끝난 뒤에 금이 간 카노의 핸드폰이 발밑에 굴러다니는 것을 보고서야, 그녀가 나 대신에 목숨을 잃었다는 사실을 깨달았다.

그때의 기억이 떠오른 나는, 주머니에서 천천히 핸드폰을 꺼냈다.

대기 화면으로 설정한 마리의 사진 위에는, 시각을 알려주는 숫자만이 떠 있었다. 물론 그곳에는 누군가가 나에게 연락했다는 표시도 없었다.

나에게 싸울 용기가 있었다면, 뭔가가 달라졌을까.

눈 뜨고 볼 수 없는 비극의 줄거리를 조금이라도 바꿀 수 있었을까.

……아니, 할 수 있을 리가 없다. 마리의 손도 놓아버리는 나약한 나는, 분명 무엇을 하든 아무것도 하지 못했을 것이다.

나는 얇은 핸드폰 화면을 힘껏 쥐며 이를 악물었다.

뭐가 마리를 지키겠다는 거냐.

도움 받고, 보호 받으며, 도망만 치는 내가, 어쩜 그렇게 말도 안 되는 생각을 했던 걸까.

동료도, 가족도, 이제 아무도 남지 않았다. 이제 누구의 『목소리』도 들리지 않았다.

마리가 보고 싶다. 동료들이 보고 싶다. 미움 받아도, 경멸 받더라도 좋다.

그저 한 번만 더 모두와 함께 이야기를 나누고 싶다……!

"……우는 거야?"

목소리.

"괜찮아? ……혼자 쓸쓸했어?"

마리의 목소리가 또렷하게 들렸다.

허둥지둥 일어나 필사적으로 주위를 둘러보았지만, 마리의 모습은 보이지 않았다.

『눈을 가리는』 능력의 효과인가……? 아니, 그렇지 않다. 조금 전의 목소리는 좀 더…… 만져질 듯이 가까운 곳에서 들려왔다.

그럼 도대체 왜? 지금 무슨 일이 일어나고 있는 거지……?

"세, 세토! 여기야, 여기."

순간 귀를 의심했다.

마리의 목소리는 분명 내가 쥐고 있던 핸드폰에서 들려왔던 것이다. 깜짝 놀라서 핸드폰 화면을 내려다보았다.

"어?"

그곳에는 예전의 에네와 마찬가지로 화면 속을 둥둥 떠다니는 마리의 모습이 보였다. 나는 놀라서 멍하니 입을 벌렸다.

"아아, 드디어 알아차렸구나! 미안, 많이 놀랐어?"

"까, 깜짝 놀랐음다……."

머리가 눈앞에서 일어나고 있는 현상을 따라가지 못해서, 터질 듯한 심장의 고동을 억누를 수가 없었다.

눈앞의 이 현상은 분명 에네가 지니고 있던『능력』에 의한 것이다.

마리는 지금 원래 지니고 있던『눈을 합치는』능력에 더해, 네 가지『능력』을 갖고 있다. 쓰지 못할 것도 없지만『눈을 가리는』능력에 이어, 이 힘까지 사용할 수 있게 되었다니…….

"마리. 왜 갑자기 이런……. 그보다 몸은 어딨음까?! 설마 어딘가에 두고 온 건……!"

"앗, 진정해, 세토! 괜찮아, 제대로…… 있으니까."

화면 안에 있는 마리의 표정이 살짝 어두워졌다.

"어딘가요?! 바로 가죠, 장소를 알려……주……."

순간 가슴을 태우는 욱신욱신한 통증이 내 말을 가로막았다.

바로 간다고? 누가, 무슨 염치로 말하는 거야.

마리를 속이고 동료들을 잊으려고 한 녀석이, 이 뒤에 마리를 『만나서』 무슨 말을 하겠다는 거야.

또. 거짓투성이인 일상을 지속하는 것이 마리를 위한 일이라니, 진심으로 그렇게 생각하는 건가.

……이미 훨씬 전부터 알고 있었다. 나는 왕자님이 될 수 없었던 것이다.

마리를 생각하는 것을 그만둘 수도 없고, 동료들을 잊을 수도 없는 어중간한 『괴물』이다.

새삼스럽다고 생각해도 상관없다. 모든 것을 이야기하면 이 아이는 울어버릴지도 모른다.

그래도 더 이상 이 아이를 거짓말로 더럽히고 싶지 않았다.

"……마리, 하고 싶은 말이 있음다. 들어줬으면 합니다."

나는 마리의 얼굴을 쳐다보지 못한 채 말했다.

갑자기 무슨 말을 하는 거냐고 생각할까. 하나하나 설명하는 데 얼마나 걸릴까. 마리는 과연 내 이야기를 받아들여 줄까.

마리는 분명 아무것도 모른다.

순수하고, 무구하고, 내가 지켜줘야만 하는 존재다.

……그래.

마리가 대답할 때까지 이 아이에 대해 아무것도 몰랐던 나는, 어이없을 정도로 그렇게 확신하고 있었다.

"……나도 하고 싶은 이야기가 있어."

마리는 내가 모르는 목소리로 말했다.

"가자, 세토. 다들 기다리고 있어."

*

석조 계단을 한 걸음, 또 한 걸음 올라갔다.

능롱에는 불이 꺼져 있었고, 좌우가 잡목림으로 가려진 시야는 밤의 어둠으로 물들어 있었다.

쥐고 있던 핸드폰에서 더 이상 마리의 목소리는 들리지 않았다.

그리고 나도 마리에게 뭔가를 물어보려고 하지 않았다.

정적 속에서 돌층계에 흩어진 자갈을 밟는 소리만이 반복되었다.

멀리서 울리던 불꽃놀이 회장의 웅성거림도 이제 들리지 않았다. 여름벌레가 우는 소리는커녕 생물의 기척도 느껴지지 않았다.

예전에 마리의 집을 감싸고 있던 고요함이 여기에 있었다.

결계일까. 아니면 다른 의미가 있는 것일까. 하지만 이렇게 조용한 것이 마리가 『눈을 가리는』 능력을 사용했기 때문이라는 것만은 왠지 모르게 알 수 있었다.

모든 것이 멸종한 것 같은 정적 속에서, 마리의 말만이 머릿속에 떠올랐다가 사라졌다.

마리는 「하고 싶은 말이 있다」고 했다. 게다가 「다들 기다리고 있다」는 말도 했다.

그 아이는 내가 모르는 뭔가를 알고 있는 걸까. 그리고 나는 왜 그 이야기를 들어야만 하는 걸까.

끔찍한 이야기다. 전혀 짐작도 할 수 없다니, 마음속 어딘가에서 그 아이에 대해 전부 안다고 착각하고 있었을지도 모른다.

정말이지 이런 꼴로 그 아이를 지키는 『왕자님』이라니, 건방진 것에도 정도가 있다.

분명, 오늘로 모든 것이 끝나겠지. 하지만 그런 확실한 예감과는 반대로, 그 결말은 전혀 상상할 수가 없었다.

드디어 정상에 도착했다.

탁 트인 신사의 경내는 조용한 만큼 한산했다.

본당으로 이어지는 돌길 위에서 발견한 순백색의 뒷모습에, 나는 순간 숨을 삼켰다.

"……어째서."

딱 보고 알았다. 뒤돌아본 마리의 모습은, 그날과 똑같이 변모한 상태였다.

그날 이후 사라졌던 뺨의 비늘과 선혈처럼 붉게 일렁이는 눈동자— 내 말에 반응하듯이 뱀처럼 기다란 마리의 동공이 살짝 가느다래졌다.

"와줘서 고마워. 아무래도 여기가 좋을 것 같아서."

발부는 마리와 같았지만, 평소처럼 심약한 기색은 보이지 않았다.

「도대체 무슨 일이냐」고 물어보려 했을 때, 내 생각을 꿰뚫어본 것처럼 마리가 입을 열었다.

"『눈을 훔치는』 능력은 괜찮아? 미안, 나도 깜짝 놀라는 바람에 『눈을 가리는』 능력을 억누르지 못해서……."

그 말 한 마디 한 마디에, 놀라움을 감출 수가 없었다.

이제껏 마리의 입에서 『능력』의 이름이 나온 적이 있었나.

마리는 내가 당황하고 있다는 것을 눈치챘는지, 내 대답을 기다리지 않고 「내가 먼저 이야기할게」 하고 말을 꺼냈다.

"……나, 사과해야만 하는 일이 있어. 계속 말해야 한다고 생각했지만, 할 수가 없었어."

마리는 미안해하면서 눈을 내리깔았다.

예상하지 못했던 뜻밖의 고백에, 나는 고개를 끄덕일 수도 없었다.

"나, 그날…… 그 싸움이 끝난 뒤부터 계속 거짓말을 했어."

마리가 내뱉은 『싸움』이라는 단어에 심장이 죄어 왔다.

내가 그날부터 오늘까지, 결코 입 밖으로 꺼내지 않도록 노력해온 단어였다.

"거, 거짓말……? 게다가 싸움이라니, 마리, 기억은……."

"다 기억하고 있어. 잊어버린 건 아무것도 없어. 그때 내가 웃어서…… 세토를 착각하게 만들었지."

마리의 표정이 한층 더 비장한 색을 띠었다.

그 말과 표정에, 사고가 엉망진창으로 뒤얽혔다.

마리가 다 기억하고 있다고? 설마 그런…… 그럴 리가 없다.

그날, 싸움 후에 아지트로 돌아왔을 때, 마리는 분명 웃고 있었다. 나는 그 얼굴을 보고 마리가 아무것도 기억하지 못한다는 것을 깨달았다.

기억하고 있었다면 도대체 왜 웃었던 거야? 흐느껴 울지언정, 동료들의 죽음 직후에 마리가 웃다니, 그럴 리가…….

……『웃었다』?

문득 머릿속에 떠오른 한 가지 생각이, 굳게 믿고 있던 어리석은 예상을 처음부터 무너뜨리기 시작했다.

아니다. 마리는 웃으려고 웃은 것이 아니다. 그 미소의 의미는, 설마…….

"……나를 안심시키려고?"

마리는 내 말에 작게 고개를 끄덕이더니 힘없이 웃었다.

"응……. 그도 그럴 게 세토가 무척 슬퍼 보이는 얼굴을 하고 있었는걸. 나까지 울면 더 슬퍼했을 거잖아?"

미지근한 바람이 경내를 소리 없이 지나갔다.

내밀어진 사실을 보고, 실이 끊어진 것처럼 내 몸에서 힘이 풀렸다.

버틸 힘을 잃은 다리가 꺾이자, 그 기세 그대로 양 무릎이 지면에 부딪쳤다. 무릎에 둔탁한 통증이 느껴졌지만, 그조차도 제대로 느끼지 못할 정도로 내 머리는 혼탁했다.

나는, 계속, 이 아이에게 보호받고 있었던 것이다.

나를 웃게 만들기 위해, 마리는 그날 미소를 지었다. 나를 슬프게 만들지 않기 위해, 마리는 계속해서 기억을 잃은 척 했던 것이다.

마리가 동료들의 죽음을 알면 무너질 거라니, 터무니없는 생각이었다. 마리는 동료들의 죽음을 받아들인 데다, 계속해서 나를 지켜주고 있었던 것이다.

나는 이 아이의 얼굴을 제대로 보고 있었나? 이 아이의 말을 제대로 듣고 있었나?

마리가 물건을 사러 나갔던 일과 집안일을 「도와주겠다」고 말했던 것은, 나의 『거짓된 생활』을 필사적으로 지탱해주기 위해서가 아니었을까?

아무 대답도 하지 못하고 그저 멍하니 있는 나에게, 마리는 계속해서 말을 걸었다.

"하지만 이래서는 안 되겠다는 생각이 들었어. 세토가 모두에 대해 잊으려고 노력했던 것도 전부 내 탓이니까……. 그래서 생각했어. 저 아이와 함께—."

마리의 손가락이 돌연 공중을 가리켰다. 그녀의 손가락이 가리키는 곳은 정확히 내 머리 위를 지나, 등 뒤로 뻗어 있었다.

지면에 무릎을 꿇은 채로 뒤돌아보니, 그곳에는 이제 막 돌층계를 다 올라온 것처럼 보이는 한 명의 단원이 있었다.

하늘색 셔츠에 조끼, 그리고 반바지를 입은 모습은 결전의 날과 다름없었다.

"히비야……."

내가 희미하게 이름을 부르자, 히비야는 멋쩍게 볼을 긁적였다.

"딱히 너를 속일 생각은 없었어. 저 사람이 아무 말도 하지 않았으면 좋겠다고 했거든."

"히비야, 와줘서 고마워. 이제…… 다 이야기했으니까, 괜찮아."

나는 두 사람이 나누는 대화를 듣고 필사적으로 머리를 굴렸다.

마리는 어떻게 히비야와 연락할 수 있었지? 분명『눈을 뜨는』능력을 사용했겠지.

마리는 그 싸움의 전말을 모두 기억하고 있었다. 필사적으로 싸우며 우리를 지키고 작전을 성공시키려고 한 그들을 계속 생각했던 것이다.

『결코 미래를 포기하지 않는다』.

마리는 모두가 세운 목표를 잊지 않았다.

이 아이는 내 생각보다도 훨씬 강했다.

이 아이는 순백색이 더러워지는 일을 두려워하지 않았던 것이다.

분명 그날 이후, 마리는『능력』을 사용해서 히비야와 계속『작전』을 진행하고 있었겠지.

동료들을 잃은 고독감과 미래를 부탁받은 중압감 속에서, 결코 나에게 그런 기색은 보이지 않도록, 필사적으로—.

그리고 히비야도 같은 마음으로 마리에게 협력했다. 분명 그의 눈도 여전히 계속해서 미래를 바라보고 있다. 그렇기에 여기에 나타난 것이다.

……아아, 무리다. 이제 아무 말도 할 수 없었다.

마리를 위해서라며 모든 것을 포기한 채, 홀로 아무것도 하지 않았던 사람은 나뿐이었다.

마리는 필사적으로 절망과 싸우고 있었는데……!

경내의 중심에서 한심하게 웅크린 나는, 억누를 수 없는 오열을 토해냈다.

부끄러움도 체면도 잊은 채, 그저 그들에게 보답하지 못했던 자신이 참담해서 어쩔 수가 없었다.

누가 나에게 벌을 내려줘. 겁쟁이인 나를 죽여줘. 부탁이야, 부탁이니까…….

"……괜찮아, 무서워하지 마."

어둠 속에서 『목소리』가 울려 퍼졌다.

"자신을 탓하지 마, 세토."

무리야, 마리. 그만 둬.

"아무도 세토를 싫어하지 않아. 네가 싸워줬다는 걸, 난 잘 알고 있는걸."

나는 너에게 안길 자격이 없어. 용서받다니, 말도 안 돼.

"계속 지켜줘서 고마워. 나를 소중하게 여겨줘서 고마워."

그 날부터 무엇 하나 변하지 않은, 나의 세계를 부숴주는 『목소리』. 그래, 나는 이 『목소리』에 인생을 바쳤다. 그런데도…… 나는…….

"나는, 네 덕분에 이 세계를 좋아하게 되었어."

나는 눈을 뜨고 세계에서 가장 아름다운 눈물을 보았다.
빛도, 꽃도, 희망도, 이 고귀함을 표현하기에는 결코 부족할 것이다.

계속 그녀를 지키고 싶었다.
끝나지 않는 여름을, 함께 넘어가고 싶었다.
신이 여름의 다음을 준비해두지 않았다면, 그녀와 함께 만들어가고 싶었다.

나는 그때부터 계속 이 아이를 속절없이 사랑하고 있었다.

"저기, 세토. 여기에서라면 불꽃이 잘 보일까?"

이루지 못했던 소원이 여름밤으로 녹아들어갔다.

소리도 빛도 보이지 않는 이 장소에서—.

온기만이 또렷하게 느껴졌다.

서머타임 레코드 -side No.9-

잠시 눈을 뗀 사이에 이래저래 이야기를 끝내다니, 신타로와 아야노도 좀 너무하네. 응.

그런 이야기를 열 몇 번 정도 했을까.

아니, 아마 제대로 들어준 것은 두 번 정도가 아닐까. 타카네는 같은 이야기를 듣는 걸 엄청 싫어하니까.

여하튼 성격은 여전하구나~ 타카네. 난 예전의 차가웠던 느낌도 좋아하지만, 『에네』의 명랑한 모습도 무척 좋아해.

나는 그런 생각을 하면서 무기력하게 지루한 일상을…….

"……아니, 너 말이야. 네 생각 지금 전부 입 밖으로 나오고 있거든?"

"어라, 그랬어? 이야~ 여기에 있으면 말에 대한 감각이 마비된다니까."

"일부러 그런 것 같은데……."

여기는 타카네의 『아지랑이 데이즈』다.

황폐해진 거리 속에서 파괴된 건조물의 파편 위에 적당히 앉은 우리는, 계속해서 잡담을 나눴다.

옆에 앉은 타카네는 푸른 저지에 검정 스커트 차림으로, 평소처럼 심기가 불편했다.

"근데 왜 내 앞에서는 그렇게 기분이 나쁜 거야? 다른 애들 앞에서는 『주인님~』 같은 느낌이면서……."

"으아악~! 정말 시끄러워, 시끄럽다고! 아아…… 정말 너랑 대화하면 피곤하다니까."

"피곤하다니, 이쪽 세계에서 피로는 그다지—."

"그! 런! 부! 분! 이! 피곤하다는 거야!"

나는 이런 느낌으로 이쪽 세계를 묘하게 만끽하고 있었다.

역시 이곳은 가짜의 세계이지만, 나는 타카네와 다시 만났다는 것만으로도 무척 만족스러웠다.

"그러고 보니. 너, 들었어?"

"음, 뭘?"

"전화가…… 걸려올 거라고. 이제 곧 말이야."

"아~ 그렇구나. 그럼 우리도 슬슬 가야겠네."

잠시 침묵이 흘렀다.

어라, 싶어서 타카네를 바라보니 그녀는 평소처럼 불퉁한 표정을 지은 채, 조금 씁쓸한 듯이 중얼거렸다.

"뭔가 이 세계는 버그가 일어난 게임 같지 않아? 뭐든 다 가능해서 별로 마음에 안 들어."

……아아, 과연.

무슨 말인지 이해한 나는 미소를 지으며 입을 열었다.

"타카네는 지는 걸 싫어하니까."

내가 짓궂게 말하자, 타카네는 팔짱을 끼고 엣헴 하고 거드름피우듯이 가슴을 폈다.

"당연하지! 패배한 채로 끝내다니, 말도 안 돼! 이길 때까지 할 거야! 넌 어떤데?"

타카네의 기분 나쁜 미소에, 나도 견디지 못하고 사악한 표정을 지었다.

나도 참 영향을 잘 받는다니까.

뭐, 이 아이 한정이지만.

"당연하잖아? 다음에는 꼭……."

서머타임 레코드 -side No.2-(4)

"……그럼, 걸게."

히비야가 다리를 벌리고 조금 이상한 자세로 키사라기 씨의 핸드폰에 정신을 집중하기 시작했다.

"저렇게 하지 않으면 집중이 안 돼서 연결이 되지 않는대."

마리의 설명을 들으면서 잠시 히비야를 지켜보고 있자, 히비야는 돌연 「오빠!」 하고 외치더니 우리에게 핸드폰을 내밀었다.

"하아…… 하아…… 연결됐어……."

히비야가 했던 일련의 동작은 언뜻 기묘하게 보였지만, 하고 있는 작업은 실로 엄청났다.

요 며칠 사이에 히비야의 『눈을 집중시키는』 능력은 『핸드폰의 전파』에까지 간섭할 수 있게 된 모양이다.

그리하여 통상의 전파로는 닿을 수 없는 장소…… 『아지랑이 데이즈』 안에 있는 사람의 핸드폰과 직접 통화할 수 있게 된 것이다.

“정말, 그 사람은 터무니없는 생각을 한다니까. 어떻게든 됐으니 다행이지만, 설명도 제대로 해주지 않고……. 난 영문도 모르고 일주일 동안 『오빠』라고 외쳤다니까?”

핸드폰에 대해 잘 모르는 히비야를 위해, 음성 인식을 사용해서 주소록을 불러낸다는 것이 의도였던 모양이지만, 아무래도 전달하는 역할을 맡은 에네가 설명을 상당히 생략한 모양이다.

“너, 너무 크게 말하면 다 들릴 겁다. 지금 본인이랑 연결됐잖음까…….”

저번 싸움에서 대부분의 단원이 목숨을 잃고 『아지랑이 데이즈』에 삼켜졌다. 본래라면 두 번 다시 대화할 수 없었을 그들과 이렇게 통화할 수 있다니, 솔직히 아직까지 실감이 나지 않았다.

“자, 이야기할 거지? 앞으로의 일에 대해서. 나는 이미…… 조금 전에 말한 대로니까.”

“……알았음다.”

그렇게 해서 나는 드디어 히비야에게 핸드폰을 건네받았다. 화면에는 전화의 수신인인 그의 이름과 함께 통화 시간이 표시되고 있었다.

분명 그는 이렇게 될 것을 예상했겠지.

남겨진 우리가…… 그들의 목숨을 양분 삼아 살아남은 우리가『미래를 선택하는 것』에 대해 고민할 것이라고.

나는 천천히 마리를 보았다.

내 시선을 눈치챈 마리는 고개를 끄덕였다.

"……괜찮아. 나도 세토랑 같아. 모두와 함께 미래를 향해 가고 싶어."

강하고 올곧은 마리의 시선.

나는 더 이상 망설이지 않았다.

내 생각을 전하기 위해 핸드폰을 귀에 꼭 댔다.

나는 동료들을 잊으려고 했다. 목숨을 걸고 싸운 동료들에게 이 이상의 모독은 없을 것이다. 그들에게 어떤 책망을 들어도 할 말이 없었다.

하지만 마리는 그 모든 것을 알면서도 나에게 모든 것을 전달하는 역할을 맡겨주었다.

대답은 이미 정해져 있다. 그저 그것을, 그가…… 그들이 허락해줄지…….

"……여보세요, 들립니까?"

나는 주뼛거리며 입을 열었다.

그는 이미 이 방법으로 마리와 한 번 통화했다는 모양이다. 그는 명석하다. 그러니 내가 동료들을 잊어버리려고 했던 일도 진즉에 꿰뚫어보았겠지.

『……세토냐?』

침착한 신타로 씨의 목소리에 한층 더 긴장되었다. 빠르게 뛰는 심장을 무시하며, 나는 단적으로 말했다.

"네……. 신타로 씨, 저 사과해야만 하는 일이 있음다. 싸움 뒤에…… 모두에 대해 잊으려고 했어요."

침묵이 흘렀다.

1초도 되지 않는 침묵이 무척 길게 느껴졌다.

『……하아. 어차피 마리를 위해서야~ 라고 생각했지? 그럼 어쩔 수 없잖아.』

"……어, 네? 아니, 그, 그렇긴 함다만, 그래도……."

신타로 씨는 이쪽에 있을 무렵과 전혀 달라지지 않았다. 무뚝뚝하고 쌀쌀맞았지만, 누구보다도 타인의 마음속을 잘 꿰뚫어보았다.

하지만 그런 다정함에 계속해서 어리광을 부릴 수는 없었다.

내가 한 짓은 그렇게 간단히 용서받아도 좋을 이야기가 아니었다. 그도 그럴 게, 나는…….

『그래서, 어떻게 할 생각이야? ……이쪽은 다들 너희에게 맡기겠다는데.』

……다들?

『어이, 너희들…… 으앗, 어이! 자, 잠깐, 밀지 마! 순서를 지키라고……. 아아! 내놔, 이 자식아!』

수화기 너머로 여러 명이 왁자지껄 다투는 소음이 들려왔다. 그리고…….

『여, 여보세요? 코스케?! 누, 누나인데, 알겠어?! 흑, 흐흑, 미안해……. 누나가 멋대로 이곳으로 와버려서…….』

"……누나?! 잠깐, 너, 너무 갑작스러워서……. 으음…… 어어?!"

『앗, 기다려! 다, 다른 사람도 바꿔줄게! 아무튼 또 보자, 코스케!』

"아니, 그 말만 하려고 핸드폰을 빼앗은 거야?! 잠깐만, 누나?!"

수화기 너머에서 다시 욕설과 기이한 소리가 뒤섞였다. 하지만 모두 친숙한 목소리였다.

그리고 다시 목소리의 주인이 바뀌었다.

『아~ 세토냐. 나다, 키도다. ……그쪽에 있어주지 못해서 미안하다.』

오랫동안 인생을 함께 해온 허스키한 목소리가 들렸다. 침착한 말투는 저쪽으로 갔어도 여전했다.

죽어서도 이쪽을 걱정하는 그녀다운 모습에, 나는 견디지 못하고 목소리가 잠겼다.

“키, 키도. 미안, 나, 모두에 대해…….”

『……잠깐, 우왓, 언니! 지금은 내(俺) 말투에 대한 건 됐다니까……. 어? 「나(私)」라고 말하라고? 그러니까 이제 「나(俺)[#13]」라고 하는 게 익숙해져서……. 아아, 아니 아니, 아야노 언니를 부른 게 아니라…….』

『으앗~! 잠깐, 다음은 저라니까요! 주인님은 조금 전에 잠깐 이야기하셨잖아요! 훠이! 훠이!』

『코스케~! 내가 누군지 알겠어? 함께 푸딩도 먹었었는데……. 앗, 그래, 나중에 슈야랑도 이야기해야 해! 본인이 부끄러워하며 도망갔지만, 나중에 데려올 테니까…….』

『아하하! 세토 씨, 듣고 계세요~? 나중에 바리도 바꿔주세요~. 오랜만에 이야기하고 싶거든요~.』

『시끄러워, 너희들! 저리 가! 흩어져!』

……뭐지, 이거.

뭐랄까, 이른바 『설날에 시골에 사는 친척 집에 전화를 걸었다』 같은 느낌일까.

진지한 이야기를 해야 하는데, 전혀 그럴 틈이…….

#13 나(俺) 일본에서 俺(おれ, 오레)는 보통 남자가 자신을 지칭할 때 사용한다.

『……하아, 하아, 들리냐, 세토. 신타론데…….』

“아아! 다행입다. 이대로 계속되면 어쩌나 했는데…….”

전화를 바꾼 신타로 씨의 목소리에는 피로감이 흠뻑 묻어났다.

아무래도 저쪽 세계에서도 고생이 끊이질 않는 모양이다.

『하여간 저 녀석들, 말을 안 들어서 정말 곤란하다니까. 이야, 미안하다. 세토. 귀찮게 해서.』

신타로 씨는 그렇게 말한 뒤, 크게 한숨을 쉬었다.

하지만 나는 어째선지 이것이 신타로 씨의 배려로만 생각되어 견딜 수가 없었다.

신타로 씨는 타인의 마음을 이해하는 사람이다.

내가 고민하며 우물쭈물하는 것을 눈치채고, 저쪽에 있는 모두의 목소리를 들려준 게 아닐까.

『뭐…… 이쪽은 네가 들은 그대로야. 다들 너를 원망하지도 않고, 후회하지도 않아. 그러니까 너의 의견을 들려줘.』

신타로 씨는 그렇게 마지막으로 확인했다.

『너는 『미래』를 어떻게 하고 싶어?』

“……세토.”

옆을 바라보니, 마리가 내 손을 잡고 붉은 두 눈으로 나를 보았다.

나는 그 손을 부드럽게 마주 잡으며 입을 열었다.

"당연하잖습까. 우리는 『미래』를……."

서머타임 레코드 -side No.10-

……괜찮다고 했는데도 나에게 핸드폰을 건네주었다.

이제 와서 딱히 할 이야기도 없고, 당연히 그 녀석의 목소리를 듣고 싶은 것도 아닌데, 정말이지 최악이다.

여러모로 너무 최악이라 어떤 것부터 최악이라고 말해줄까 하는 느낌이지만, 아무튼 『최·악!』— 그런 느낌이다.

그렇다 치더라도 이 사람들은 정말 뭐지? 나이도 꽤 먹은 것 같은데 『메카쿠시단』이라니, 머리가 이상한 게 아닐까?

더구나 「싫다」고 했는데도 나한테도 들어오라면서 억지로 끌어들이고. 특히 저 푸른 머리의 시끄러운 녀석. 뭐야, 저 녀석은. 아~ **짜증나**.

하지만 이렇게나 화를 내도 지치지 않는다니, 이쪽 세계에도 좋은 점이 있구나.

그러고 보니 그 녀석이 이쪽에 있었을 때는 지금보다 더 최악이었지.

매일 매일 그 녀석이 다양한 방식으로 죽는 모습을 봐야 했으니까. 그것도 몇십 번이고, 몇백 번이고, 몇천 번이고 반복되었으니, 아아~ 떠올리기만 해도 싫다.

아니, 정말 그 녀석도 그 녀석이다. 모처럼 구해줬는데도, 바깥 세계에서 나를「구하러 가겠다」고 말한 모양이다. 정말 한없이 둔하다니까, 그 녀석.

아~ 정말 짜증나, 짜증나.

만 개 정도의 미래를 생각했었지만, 설마 이런 식으로 끝나리라고는 상상도 못했는데—.

하다못해 도시에 있는 세련된 학교로 진학해서, 그곳에서 호감 가는 미남 백 명 정도를 붙잡아서 실컷 즐긴 다음, 어느 나라의 엄청 잘생긴 왕자님과 결혼해서 죽을 때까지 놀고먹는 인생을 살고 싶었어.

그 정도의 바람도 이루어지지 않다니, 정말 예상 밖이야. 이렇게 사랑스러운 나를 잃다니, 저쪽 세계에도 터무니없는 손실이겠지.

그래도 죽어버렸는데 뭐 어쩌겠어.

일어나지 않은 일은 일어나지 않은 일. 난『존재하지 않는』 것까지 바라지는 않거든.

뭐, 그럭저럭 즐거운 인생이었어.

미래는 어찌되든 상관없지만, 이상한 걸 보지 않고 끝났다고 생각하면 뭐, 그것도 나쁘지 않네.

"……그래서, 넌 언제까지 코를 훌쩍일 건데. 내가 모처럼 대화해주겠다고 하는데."

전화기 너머로 들려오는 짜증나는 목소리.

조금 전부터 「미안하다」느니 「구해주지 못했다」느니 「자신이 한심하다」느니 하면서 훌쩍훌쩍훌쩍……. 시끄럽기 짝이 없다.

……하지만 뭐, 오늘 정도는 용서해줄게.

정말 얼굴도 별로고 키도 작고 한심한 구제불능의 굼벵이지만, 그런 네가 노력했다는 건 왠지 기쁘니까.

아아! 정말 언제까지 훌쩍거릴 거야, 이 녀석은!

아~ 이제 끊을 거야. 역시 이런 전화는 받는 게 아니었어.

아, 맞다. 그러고 보니 말하지 않은 게 하나 있구나.

네가 걸어온 전화지만 뭐, 상관없지. 통화하는 김에 말해줄까. 어차피 이제 이 녀석과 이야기할 일도 없을 테니까.

말한 다음에 끊자. 아~ 정말 짜증나.

"……난 네가 정말 좋아. 다음에는 꼭, 날 구하러 와."

서머타임 레코드 -side No.7-

흔히 인생을 빗대어 「생각해보면 멀리도 왔구나」 하고 감개에 젖는 녀석들이 있지만, 단언한다. 나만큼 멀리 온 녀석은 없을 것이다. 뭐니 뭐니 해도 『이세계』까지 왔으니까.

하지만 이세계라면 검과 마법과 엘프와 메이드와 거유와 거유 정도는 완비해뒀으면 좋겠다. 그래, 이 세계에는 로망이 부족하다. 내 소울을 뜨겁게 뛰게 하는, 로망이라는 것이…….

"방금 무슨 생각했어?"

"동료들에 대해서. 좋은 녀석들이었다…… 하는 생각."

나는 쿨한 척 했지만, 아야노는 뭔가를 눈치챘는지 수상하다는 듯 눈썹을 찌푸리며 「흐응」 하고 내뱉었다.

나와 아야노는 『아지랑이 데이즈』가 만든 산책로를 한없이 걷고 있었다.

『아지랑이 데이즈』는 각자의 마음속에 있는 풍경을 비춘다. 이건 하루카 선배가 알려준 것이지만, 내 마음이 비춘 풍경은 정말 시시했다.

고등학생 시절의 통학로, 그대로였던 것이다.

돌이켜 생각해봐도 하굣길에서 뭔가 해피한 일이 있었던 추억은 없다. 애초에 인생을 통틀어 명장면 No.1이 이 하굣길이라면, 내가 생각해도 내 인생은 재미가 결여되어 있었구나 싶다.

그러나 이유는 모르겠지만 아야노는 이 풍경이 몹시 마음에 든 모양인지, 엄청 히죽거리고 있었다. 정말이지, 여자의 마음은 죽을 때까지 모르겠다. 아니, 정정한다. 『죽어서도』 모르겠다.

"……정해졌네. 다시 되돌아가는 길로."

아야노가 길가의 돌멩이를 걷어차면서 아무렇지 않게 말했다.

"그러네. 뭐, 이렇게 될 거라고 생각하긴 했지만."

나는 아야노에게서 돌멩이를 패스 받아 그대로 날려버렸다.

……우리는, 이기지 못했다.

아무도 체감하지 못하겠지만, 세계의 부당한 역행을 저지

했다는 것은 어떤 의미에서 『세계를 구했다』는 것이 될지도 모른다.

하지만 우리가 아무리 크게 소리치더라도 아무도 믿어주지 않겠지. 증명할 수 없는 것은, 타인의 입장에서 보면 그저 『허구』에 지나지 않는다.

만약 많은 사람들이 그 말을 믿고 우리를 『영웅』으로 대접해준다고 해도…… 그것은 그것대로 부질없는 일이다.

여하튼 우리가 최종적으로 선택한 것은 『눈을 맑게 하는』 능력의 계획과 완전히 똑같은, 『세계를 되돌린다』라는 행위였으니까.

어차피 내버려두면 멋대로 되돌아가던 세계였고, 아무도 그 사실을 깨닫지 못하니 세계를 다시 되돌려도 상관없지 않나, 라니 정말 『최악』의 발상이다.

마치 게임의 리셋 버튼을 누르듯이 이다음의 세계는 누구에게도 알려지지 않은 채, 『0(제로)』로 돌아간다. 『눈을 맑게 하는』 능력의 책략은 완전히 성공했다는 말이다.

"우리의 싸움은…… 의미가 있었던 걸까."

아야노가 툭 내뱉었다.

아야노의 얼굴을 보니, 역시나 고민해서 한 말은 아닌 듯

했다.

“생각해봤는데…….”

나는 새로 고른 돌멩이를 걷어차면서 대답했다.

“세계가 끝난다는 걸 알고 우리는 『절망』했잖아.”

“그렇지……. 몰랐다면 아무것도 깨닫지 못한 채 되돌아갔겠지.”

“……세계가 끝난다는 걸 모르는 녀석은 이 싸움에 의미가 없다고 생각할지 몰라. 다만 세계가 끝난다는 걸 알게 된 우리에게는…… 싸운 의미가 있었다고 생각해.”

내가 걷어찬 돌멩이가 튀어 올라 배수구로 굴러 떨어졌다.

“……이 이야기, 몇 번이나 했지.”

아야노가 바보 같다는 듯이 웃었다.

“몇백 번은 했지. 신기하게도 질리지 않네.”

나도 아야노를 따라 미소를 지었다.

지지 않는 석양을 향해 걸어 나갔다. 며칠을 걷더라도, 몇 년을 걷더라도, 분명 어디에도 닿지 않을 길을…….

“『눈을 맑게 하는』 능력은 사라지고 싶지 않았겠지.”

문득 내가 말했다.

“그 녀석에게는 확고한 『자아』가 있었어. 그렇다고는 해도 『능력』이니까, 『소원』이 이루어지면 사라져야겠지.”

“아마도. 그러니까 세계를 역행시켜서 『소원』을 연명시키려고 한 거야. 소원이 이루어지지 않으면 그만큼 더 살 수 있으니까.”

“아아, 그렇다는 것은 아마도…… 우리는 이미 몇백 번이고 몇천 번이고 이번 같은 싸움을 했고, 그때마다 세계를 되돌렸다는 말이겠지. 그렇지 않으면 앞뒤가 맞지 않으니까.”

아야노가 우뚝 걸음을 멈췄다.

“그거…… 『눈을 맑게 하는』 능력에게 물어본 거야?”

불안함이 어린 말투에 나는 장난스럽게 입꼬리를 올렸다.

“아아, 그것도 좋을지도. 그 녀석이 점령한 녀석…… 내 친구거든.”

“마지막이라고 해서…… 위험한 행동을 하는 건 반대야.”

아야노가 볼을 부풀렸다. 그런 아야노가 안쓰러워 보여서, 나는 「농담이야」라고 말한 뒤에 다시 걷기 시작했다.

나를 따라 걷기 시작한 아야노는, 나와 보폭을 맞추며 입을 열었다.

“웬일이야, 신타로가 주저 없이 『친구』라고 말하다니.”

“어? 아~ 확실히 그럴지도 모르겠네.”

“그, 그럼 말이야…… 나는…… 『친구』야?”

석양은 아직 지지 않았는데도, 여름의 끝은 코앞까지 다가왔다.

다음 여름이 찾아올 때까지 이 감정을 기억할 수 있을까.

분명 기억은 남지 않을 것이다. 하지만 어째선지 『잊을 리가 없어』라는 몽상과 비슷한 확신이 들었다.

이 싸움을 잊지 않을 것이다.

내가 만났던 녀석들을 잊지 않을 것이다.

잊지 않으리라고 맹세한 것을, 나는 죽어서도 잊지 못할 것이다.

아야노가 내 대답을 재촉했다.

나는 나른하게 「글쎄」라고 대답하고는 계속해서 걸었다.

마리의 가공세계

굉장히 신기한 이야기를 접했다.

그 이야기 속에서 나는 공주님이었다. 계속 홀로 외로이 살고 있었다.

그러던 어느 날, 작은 왕자님이 찾아와 「무서워하지 않아도 돼」라고 말하며 나를 밖으로 데리고 나가주었다.

바깥세상에는 다양한 사람들이 있었고, 나는 어느샌가 많은 동료들과 함께 여행을 했다.

동료들은 다들 항상 다퉜고 눈을 새빨갛게 물들이곤 했지만, 그래도 항상 웃고 있었다. 나도 그 모습을 보며 잔뜩 웃었다.

공주님인 나는 아름다운 드레스를 입고 있지는 않았지만, 계속 동경했던 세상을 여행하며 굉장히, 무척 행복해 보였다.

하지만 도중에 나쁜 뱀이 나타나 싸우게 되었고, 우리는 패배했다. 그 일만은 굉장히 분했다.

그래서 나는 왕자님과 약속을 했다.

「세계는 끝나겠지만, 다음에도 꼭 함께 여행하자」라고 약속했다.

세계가 끝나는 마지막 날, 약속의 증거로 둘이서 커다란 꽃을 바라보았다.

밤하늘에 빛나는 마법의 꽃은, 이제껏 본 적이 없을 정도로 커다랬고, 잊을 수 없을 정도로 아름다웠다.

다음 세계는 얼마나 멋진 세계일까.

다음 이야기는 얼마나 신비한 이야기일까.

어떤 세계에서도 나는 분명 행복할 것이다.

그곳에서 다시 너와 만난다면—.

나는, 분명—.

■작가 후기 ~눈이 가물거리는 이야기~

오랜만입니다, 진입니다.
이 책을 발간하기까지 다시 1년 이상의 시간이 걸렸습니다.
매번, 매번 이 모양이라…… 정말…… 죄송합다!(힘찬 사죄)

그래서 『아지랑이 데이즈 Ⅷ -summer time reload-』는 재미있게 보셨나요?
어쩌면 「후기부터 읽겠다」는 용사가 계실지도 모르기에 본편 이야기는 많이 하지 않겠습니다만, 조금만 꺼내보겠습니다.

매권마다 후기에서 「정말 힘들게 썼다. 혈변이 나왔다」 같은 말을 하는 저입니다만, 이번 권을 집필할 때도 아니나 다를까 엄청 힘들었습니다.
혈변이 나오는 정도가 아니었습니다. 더욱 빨간 것이 나왔습니다(?).

우선 말이지요. 등장인물이 많습니다. 굉장하다구여. 굉장히 많다구여(유아 퇴행).

「단(團)이 만들어질 정도니까 열 명 정도는 있어야 이야기가 되제!」 하고 흥분 상태로 쓰기 시작한 작품입니다만, 2권째에서 「으앙, 너무 많아!」라고 생각하게 되었습니다.

그리고 이번 권에서 그 녀석들이 노도와 같은 기세로 등장하니 「응아아아아아아아악!」이 된 것입니다(어휘).

그런 느낌으로 이번 권은 『주역』을 한 명으로 꼽는 것이 굉장히 어렵습니다만, 개인적으로는 세토가 열심히 해줬다고 생각합니다.

세토가 지닌 『다른 사람의 마음의 소리가 들린다』는 능력은 아이들의 엇갈림과 이면을 계속해서 그려온 『아지랑이 데이즈』에서 이른바 조커 같은 능력이었습니다.

그런 성질 때문에 내면을 너무 깊이 파고들지 않았던 캐릭터였습니다만, 설마 그런 생각을 하고 있었을 줄은……. 굉장하네여(유아 퇴행).

이상하지만 저는 작가임에도 아직 그들을 잘 모릅니다.

「네가 만든 캐릭터잔여」라고 하신다면 확실히 그렇습니다만, 어쩐지 그들을 「만들어왔다」는 감각이 없습니다.

오로지 그들과 대화를 하면서 써왔다고 할까, 그들을 알아가는 것에 모든 힘을 쏟아 부었다는 느낌입니다.

그렇게 해서 그들이 어떤 생각을 하고 있는지, 그들에게 하나하나 물어가면서 쓴 것이, 이 『아지랑이 데이즈』라는 작품이라고 생각합니다. 이상한 이야기입니다만 말이죠.

자, 그런 『아지랑이 데이즈』도 이번 권이 마지막 권입니다. 길었던 여름의 이야기도 하나의 끝을 맞이하게 되었습니다.

아는 분도 많으시리라 생각합니다만, 저는 원래 『아지랑이 프로젝트』라는 음악들을 인터넷에 올리고 있었습니다.

이 『아지랑이 데이즈』라는 소설을 쓰게 된 계기도, 그 음악을 들은 출판사 관계자분이 「책을 내보지 않겠는가」 하고 제안해주셨기 때문입니다.

「내가 만든 이야기가 책으로 나오다니!」 하고 그때는 펄쩍 뛰며 기뻐했습니다만, 그 후의 집필 활동은 좌우간 고뇌의 연속이었습니다.

글을 잘 쓸 수가 없다. 전달이 제대로 되지 않는다.

많은 비판을 들었고 자신의 무력함에 좌절하며 「더는 계속할 수 없을지도 몰라」 하고 망연자실했던 때도 있었습니다.

그래도 여기까지 이 작품을 계속해서 쓸 수 있었던 것은, 독자 여러분이 「아지랑이 데이즈를 좋아해요」라고 말해주셨기 때문입니다.

이런 식으로 쓰면 가볍게 생각하실지도 모르겠습니다만, 용기를 많이 받았습니다.

바보 취급을 받아도 좋고 무시당해도 좋으니 이 이야기를 계속 쓰자고 생각했던 것은, 정말 여러분 덕분입니다.

아무리 감사를 드려도 부족할 정도입니다. 말로 다하지 못하는 감사의 마음을 꾹꾹 담은 것이 이 작품입니다.

다시 한 번, 정말 진심으로 감사합니다.

……앗, 벌써 후기를 쓸 수 있는 공간이 얼마 남지 않았네요.

그럼 마지막으로 하나만—.

이 작품의 서투른 『주인공』들은, 서투른 당신의 『친구』입니다.

또 어딘가에서 함께 놀아주세요. 분명 다들 기뻐할 겁니다.

언젠가 다시 만나죠. 애독해주셔서 진심으로 감사합니다.

진(자연의적P)

……이렇게 진지한 척을 했지만, 이미 다음 소설을 생각하고 있지롱(유아 퇴행).

앗, 물론『아지랑이 데이즈』가 아닙니다.『새로운 메카쿠시단』의 이야기입니다.

정말, 새로운 친구와의 만남은 항상 신선하고 두근거리네요.

조만간 여러분에게도 소개해드리겠습니다.

어쩌면 다음 여름 무렵에―.

감사합니다.
와아...
시즈

■역자 후기

어느 한여름 날 동영상 사이트에서 『아지랑이 데이즈』라는 노래를 처음 접했습니다.

저와 『아지랑이 프로젝트』의 인연은 그때부터 시작되었어요. 그때는 제가 소설 『아지랑이 데이즈』를 번역하게 될 것이라고는 상상도 못했습니다. 벌써 몇 년이나 흘렀네요. 처음 동영상을 접했을 때 느꼈던 충격이 지금도 생생하게 떠오르는데 놀라울 따름입니다.

개인적으로 『아지랑이 프로젝트』를 생각하면 가장 먼저 노래가 떠올라요. 실제로도 작업을 하면서 『아지랑이 프로젝트』 노래를 많이 들었습니다. 아마 앞으로도 한여름이 되고 매미 소리가 들리기 시작하고 아스팔트가 열기로 지글지글 끓기 시작하면 『아지랑이 프로젝트』의 노래가 떠오를 것 같습니다.

이번 작업을 하면서 『아지랑이 데이즈』 소설을 1권부터 다시 쭉 읽었는데요, 새삼 감개가 무량하네요. 마지막 권까지 작업할 수 있어서 무척 기쁘기도 하고요. 이렇게 소설 속

메카쿠시단의 여정을 함께할 수 있어 행복했습니다.

물론 아직 만화로 전개되는 이야기도 있고 앤솔로지도 있고 애니메이션도 있으니까요. 메카쿠시단의 이야기는 아직 끝나지 않았죠! 개인적으로 만화 내용도 흥미진진해서 다음 이야기가 몹시 기다려집니다. 작가님이 말씀하신 『새로운 메카쿠시단』의 이야기도 무척 기대되네요.

그럼 이만 줄이면서 감사 인사를 드리고자 합니다.

『아지랑이 데이즈』라는 멋진 작품을 맡겨주신 L노벨 편집부 여러분 감사합니다. 역자 후기까지 읽어주신 독자 여러분께도 감사드려요. 정말 감사합니다.

중간부터 『아지랑이 데이즈』 만화와 앤솔로지도 맡고 있으니 그쪽도 잘 부탁드립니다.

그럼 다른 곳에서도 만나 뵐 수 있다면 기쁘겠습니다.

역자 이수지 올림

표지 일러스트 러프

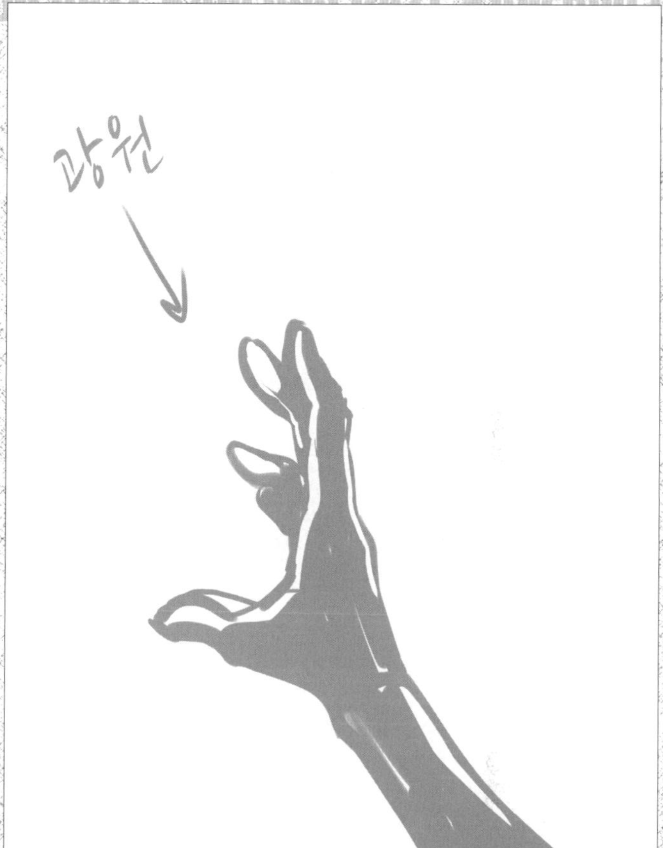

본문 일러스트 ① 러프

본문 일러스트 ② 러프

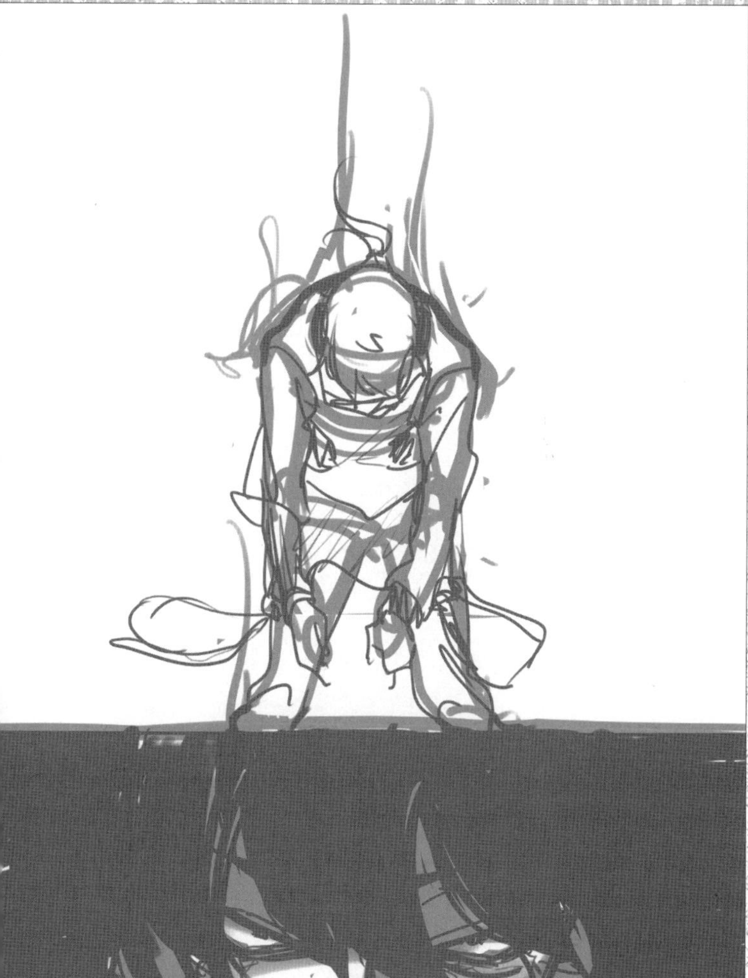

본문 일러스트 ③ 러프

본문 일러스트 ④ 러프

본문 일러스트 ⑤ 러프

본문 일러스트 ⑥ 러프

본문 일러스트 ⑦ 러프

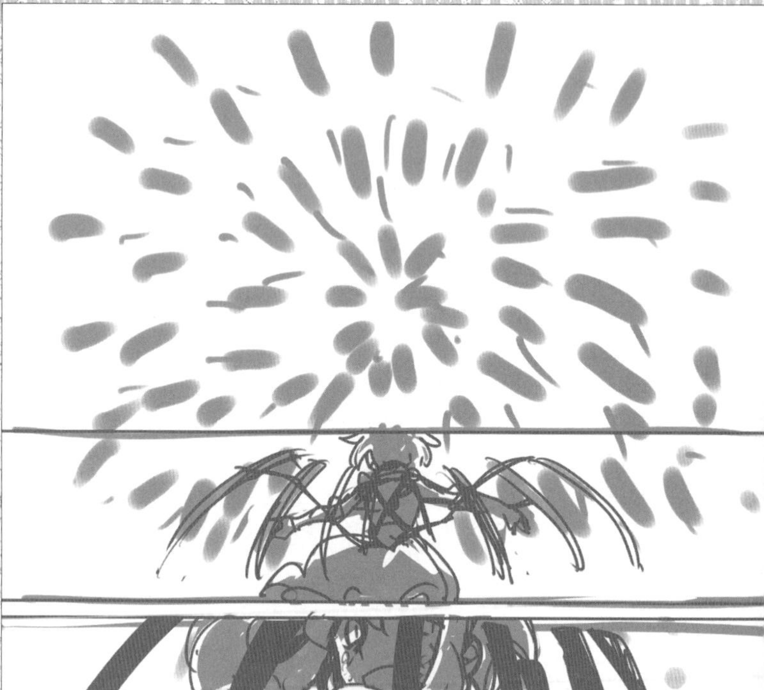

본문 일러스트 ⑧ 러프

아지랑이 데이즈 8
-summer time reload-

초판 1쇄 발행 2018년 9월 10일

지은이_ JIN (SHIZEN NO TEKI-P)
일러스트_ SIDU
옮긴이_ 이수지

발행인_ 신현호
편집국장_ 김은주
편집진행_ 최은진 · 김기준 · 김승신 · 원현선 · 권세라
편집디자인_ 양우연
국제업무_ 정아라 · 고금비
관리 · 영업_ 김민원 · 이주형 · 조인희

펴낸곳_ (주)디앤씨미디어
등록_ 2002년 4월 25일 제20 260호
주소_ 서울시 구로구 디지털로 26길 111 JnK디지털타워 503호
전화_ 02-333-2513(대표)
팩시밀리_ 02-333-2514
이메일_ lnovelpiya@naver.com
L노벨 공식 카페_ http://cafe.naver.com/lnovel11

ISBN 979-11-278-4620-6 04830
ISBN 979-11-278-4619-0 (세트)

값 7,000원